암실문고

A hora da estrela

By Clarice Lispector

© Paulo Gurgel Valente, 1977.
©A Hora da Estrela, 1977.
All rights reserved

Korean Translation Copyright © 2023 EULYOO PUBLISHING Co., Ltd.
Published by arrangement with Paulo Gurgel Valente, through BC Agency, Seoul.

A hora da estrela

Clarice Lispector

암실문고
별의 시간

발행일
2023년 2월 25일 초판 1쇄
2024년 1월 10일 초판 2쇄

지은이 | 클라리시 리스펙토르
옮긴이 | 민승남
펴낸이 | 정무영, 정상준
펴낸곳 | (주)을유문화사

창립일 | 1945년 12월 1일
주소 | 서울시 마포구 서교동 469-48
전화 | 02-733-8153
팩스 | 02-732-9154
홈페이지 | www.eulyoo.co.kr

ISBN 978-89-324-6136-6 04870
ISBN 978-89-324-6130-4 (세트)

별의 시간

클라리시 리스펙토르

민승남 옮김

저자 헌사

나는 여기 이것을 지금은 슬프게도 유골로 남은 오래전
의 슈만과 그의 사랑 클라라에게 바친다. 나는 이것을
혈기왕성한 인간/남자*인 나의 피처럼 짙고 검붉은 진
홍색에 바치며, 따라서 내 피에 바치는 것이다. 무엇보
다도 나는 이것을 내 삶 속에 사는 땅의 요정들, 난쟁이
들, 공기의 요정들, 정령들에게 바친다. 나는 이것을 내
가난했던 과거, 매사에 절도와 위엄이 있었으며 바닷
가재를 먹어 본 적이 없었던 시절의 기억에 바친다. 나
는 이것을 베토벤의 폭풍에 바친다. 나는 이것을 바흐
의 중성색이 진동하는 순간에 바친다. 나를 졸도시키
는 쇼팽에게 바친다. 나를 겁먹게 했으며 나와 함께 불

---

*   9쪽 편집자 주 참조

길 속에서 솟구친 스트라빈스키에게 바친다. 리하르트 슈트라우스의 「죽음과 변용」에 바친다(이 곡이 내게 하나의 운명을 보여 주었던가?). 무엇보다도 나는 이것을 오늘의 어제들과 오늘에, 드뷔시의 투명한 베일에, 마를로스 노브레에게, 프로코피예프에게, 카를 오르프에게, 쇤베르크에게, 12음 기법 작곡가들에게, 전자 음악 세대의 귀에 거슬리는 여러 외침에 바친다—이들 모두가 나 자신은 알아차리지도 못했던 내 내면의 어떤 영역에 먼저 도달했던 이들, 즉 내가 '나'로 터져 나올 때까지 나에 대해 예언해 준 예언자들이다. 이 '나'는 당신들 모두이다. 나는 그저 나만으로 존재하는 걸 견딜 수 없으므로, 나는 살기 위해 타인들을 필요로 하므로, 나는 바보이므로, 나는 완전히 비뚤어진 자이므로, 어쨌든, 당신이 오직 명상을 통해서만 이를 수 있는 그 완전한 공허에 빠져들기 위해 명상 말고 무얼 할 수 있겠는가. 명상은 결론을 필요로 하지 않는다: 명상은 그 자체만으로 목적이 될 수 있다. 나는 말없이, 공허에 대해 명상한다. 내 삶에 딴죽을 거는 건 글쓰기다.

그리고—그리고 원자의 구조는 눈에 보이지 않지만, 그럼에도 세상에 알려져 있다는 걸 잊지 말라. 나는 한 번도 본 적이 없는 것들을 많이 안다. 당신도 마찬가지다. 당신은 세상에서 가장 진실한 것조차 입증할 수 없으니, 그저 믿을 수 있을 뿐이다. 울면서 믿으라.

　이 이야기는 비상사태 즉 재난 중에 벌어진다. 이
책은 미완성인데, 왜냐하면 아직 답을 기다리고 있기
때문이다. 나는 세상의 누군가가 내게 그 답을 줄 수 있
기를 바란다. 당신일까? 이 이야기는 약간의 화려함을
더하기 위해 총천연색으로 진행되며, 맹세컨대, 내게
도 그런 게 필요하다. 우리 모두를 위해 아멘.

　　　(이 헌사는 클라리시 리스펙토르가 작성함)

편집자 주

포르투갈어 homem은 '남자' 또는 '인간'으로 번역 가능하다. 이를 남자로 해
석할 경우, 이 헌사는 작중 1인칭 화자이자 남성 작가인 호드리구가 쓴 것이
되며, 따라서 헌사는 소설의 일부로 편입된다. 반면에 homem을 인간으로
해석할 경우, 본문보다 앞서 등장하는 헌사의 관례적인 특성에 따라 이 헌사
는 '진짜 작가'인 리스펙토르가 '소설 밖―현실 속'에서 쓴 것으로 인식된다.

　이 두 가지 가능성은 모두 가능하다. 따라서 이 헌사는 '현실과 픽션의
경계'가 아니라 현실과 픽션의 지분이 공존하는, 혹은 '현실이면서 픽션인'
독특한 공간 속에 있다. 그리고 이 공간은 『별의 시간』 전체를 감싸게 된다.

　"이 헌사는 클라리시 리스펙토르가 작성"했다는 안내 문구는 이러한
특징을 역설적으로 드러내는 장치처럼 보인다. 헌사를 누가 썼는지 밝힌다
는 건, 그것을 쓸 수 있는 사람이 리스펙토르 외에도 존재한다는 사실을 암
시하기 때문이다.

이 모든 말들은 이 작품의 제목으로
고안되었던 것들이다

전부 내 탓이다 혹은
별의 시간 혹은
그녀가 해결하게 하라 혹은
비명을 지를 권리 혹은
.미래에 관해서는. 혹은
블루스를 부르며 혹은
그녀는 비명을 지를 줄 모른다 혹은
상실감 혹은
어두운 바람 속의 휘파람 혹은
나는 아무것도 할 수 없다 혹은
앞선 사실들에 대한 이야기 혹은
싸구려 신파 혹은
뒷문으로 조심스럽게 퇴장

Clarice Lispector

옮긴이. 민승남

서울대학교 영문학과를 졸업하고 현재 전문 번역가로 활동 중이다. 제15
회 유영번역상을 수상했다. 옮긴 책으로 아룬다티 로이의 『지복의 성자』,
유진 오닐의 『밤으로의 긴 여로』, 앤 카슨의 『빨강의 자서전』, 『남편의 아
름다움』, 이언 매큐언의 『스위트 투스』, 『넛셸』, 메리 올리버의 『천 개의 아
침』, 『완벽한 날들』 등이 있다.

일러두기

1. 본 작품의 번역 판본은 Benjamin Moser가 영역한 『The Hour of the
    Star』(New Directions Books, 2011)이며, 브라질-포르투갈어 원서(Rocco,
    2009)를 참고했다.

2. 모든 주석은 한국어판 번역자와 편집자가 작성한 것이다.

온 세상이 '그래'로 시작되었다. 한 분자가 다른 분자에게 '그래'라고 말했고 생명이 탄생했다. 하지만 선사 이전에는 선사의 선사가 있었고 '아니'와 '그래'가 있었다. 늘 그랬다. 어쩌다 알게 된 건지는 모르겠지만, 나는 우주가 시작된 적이 없음을 안다.

정말이지, 나는 엄청난 노력을 기울여야 단순함에 이를 수 있다.

나는 질문들이 있고 답이 없는 한 계속해서 글을 쓸 것이다. 만일 세상일들이 일어나기 전에 일어난다면, 처음을 어떻게 시작해야 할까? 만일 선사의 선사 이전에 이미 말세의 괴물들이 존재했다면? 이 이야기는 지금 존재하지 않더라도 앞으로 존재하게 될 것이다. 생각은 행위다. 느낌은 사실이다. 이 둘을 합치면 내가 된다. 내가 쓰고 있는 것을 쓰고 있는 사람. 신은 세상이다. 진실은 언제나 내적이며 설명할 수 없는 접촉이다. 나의 가장 진실한 삶은 알아차릴 수 없고, 지극히 내적이며, 어떤 말로도 정의할 수 없다. 내 가슴은 모든 욕망을 비운 채 그 자신의 최후 혹은 태초의 고동으로 축소되었다. 이 이야기 전체를 관통하는 치통은 내 입 안에 날카로운 고통을 남기고 있고, 그렇게 나는 귀에 거슬리는 고음으로 당김음 선율을 노래한다—나 자신의 고통을. 나는 세상을 짊어지고 있으며 그 일에는 어떠한 행복도 없다. 행복? 나는 그보다 멍청한 말을 들어 본 적이 없다. 그건 저 북동부 여자들이 지어낸 말이다.

　　이제부터 설명하겠지만, 이 이야기는 점진적인 통찰의 결과물이 될 것이다—나는 지난 2년 반 동안 천천히 '왜'들을 발견했다. 이 이야기는 절박함에 대한 통찰이다. 무슨 절박함? 어쩌면 나중에야 알게 될 수도 있다. 지금 나는 쓰고 있는 동시에 읽히고 있으니까. 다만 나는—마치 죽음이 삶에 대해 논하듯—시작을 정당화할 끝을 가진 채 시작하지는 않는다. 나는 앞선 사실들부터 기록하게 될 것이다.

나는 이 순간 조금은 겸허한 마음으로 이 글을 쓰고 있다. 앞으로는 너무도 외적이고 분명한 서술이 독자들을 침범할 것이기 때문이다. 그러나 거기에서 생명력 넘치는 피가 천천히 흘러나와 금세 젤리처럼 출렁거리는 덩어리들로 응고될 수도 있다. 이 이야기가 언젠가 나 자신의 응고물이 될까? 그걸 어떻게 알겠는가. 만약 여기에 진실이 들어 있다면―물론 이 이야기는 지어낸 것이긴 해도 진실하다―모두가 그것을 통해 자기 안에 있는 진실을 알아볼 수 있을 것이다. 왜냐하면 우리 모두는 하나이기 때문이며, 또한 금전적으로 가난하지 않은 사람은 영혼이나 열망의 가난에 허덕이는 법이기 때문이다. 그런 사람은 황금보다 소중한 무언가를 결핍하고 있다: 연약한 본질을 결핍한 사람들.

앞으로 일어날 모든 일들, 내가 겪어 본 적이 없으므로 나 자신도 아직 모르는 것들을 내가 어떻게 알고 있을까? 나는 리우데자네이루의 한 거리에서 스쳐 간 어느 북동부 출신 여자의 얼굴에서 파멸의 느낌을 얼핏 엿보았던 것이다. 나는 어릴 때 북동부에서 살았고, 그저 살아 있기만 해도 알게 되는 것들이 있는 법이다. 살아 있는 모든 사람들은 알고 있다. 설령 그들 자신은 자신이 안다는 걸 모른다고 해도 말이다. 그러니 독자 여러분은 자신이 생각하는 것보다 많이 알고 있으며, 단지 모르는 척할 뿐이다.

　나는 당신의 삶을 지탱하는 단어들을 사용해야겠지만, 그렇다고 굳이 복잡한 글을 쓰고 싶지는 않다. 나는 거짓 자유의지로 이렇게 결정한다. 이 이야기엔 등장인물이 일곱 명쯤 될 것이며 나는 분명 그중에서 비중이 큰 인물이 될 것이다. 나, 호드리구 S. M. 이 이야기는 오래된 방식으로 진행된다. 독창적으로 보이겠답시고 완전히 현대적인 스타일을 가져 오거나 유행에 맞는 말들을 지어내고 싶지는 않다. 그래서 나는 평소 습성과는 반대로 이야기를 쓰려고 한다. 시작과 중간과 '대단원'을 갖추었으며, 그 뒤로는 정적과 쏟아지는 비가 이어지는 이야기를.

　외적이고 분명한 이야기, 그렇다, 하지만 비밀들이 들어 있다. 우선 여러 제목 가운데 하나인 '미래에 관해서는'의 앞뒤에 마침표를 찍었다. 이건 그저 나 혼자만의 발상이 아니며—어쩌면 당신도 마지막에 다다르면 그 마침표가 필요했다는 걸 이해하게 될 수도 있다. (나는 이제 겨우 결말을 생각하기 시작했는데, 나의 빈곤함이 허락한다면, 웅장하게 마무리하고 싶다.) 만일 마침표 대신 말없음표를 썼다면 그 내용은 당신의 상상, 어쩌면 사악하고 무자비할 수도 있는 그 상상에 맡겨져 버릴 것이다. 물론, 사실 나 또한 내 이야기의 주인공인 그 북동부 출신 여자에게 아무런 연민이 없다. 나는 이 이야기가 냉정했으면 한다. 나는 슬플 정도로 냉정해질 권리를 가지고 있다. 하지만 당신은 그렇지 못하고, 그래서 나는 당신의 상상에 맡기지 않는 것이다. 이 이야기는 단순한 서술이 아니며, 무엇보다도 숨을 쉬는, 숨을 쉬는, 숨을 쉬는, 가장 근원적인 형태의 삶이다. 언젠가 나는 여기서, 구멍이 숭숭 뚫린 내용 속에서, 폭발 가능한 원자들을 지닌 분자의 삶을 살아갈 것이다. 내가 쓰는 건 단순한 창작을 넘어서는 일이다. 무수히 많은 저 비슷비슷한 여자들 중에서 굳이 이 여자에 대해 이야기하는 것은 내게 있어 하나의 의무다. 또한 엉성하게나마 그녀의 삶을 드러내는 일은 내 하나의 사명이다.

왜냐하면 비명을 지르려면 권리가 필요하기 때문이다.

그래서 나는 비명을 지른다.

그건 도움을 애걸하지 않는 순수한 비명이다. 나는 볼로냐 샌드위치 대신 근사한 저녁을 먹기 위해 자신의 유일한 재산인 몸을 파는 여자들이 있다는 걸 안다. 하지만 내가 이야기하려는 사람은 팔 수 있는 몸조차 갖지 못했다. 아무도 원하지 않아서 아직 처녀인, 무해한 여자, 아무도 그녀를 그리워하지 않을 것이다. 그

뿐 아니라―방금 깨달았는데―나를 그리워하는 사람 또한 없을 것이다. 심지어 내가 쓰고 있는 이 이야기조차 다른 누군가가 얼마든지 쓸 수 있을 법한 것이고, 그 누군가는 남성 작가일 것이다. 여자가 쓰면 눈물에 절여진 감상적인 이야기로 만들어 버릴 테니까.

　그 북동부 여자와 같은 여자들은 빈민가의 공동주택에, 여럿이 함께 쓰는 방에, 녹초가 될 때까지 일하는 상점 계산대 뒤편에 무수히 흩어져 있다. 그들은 자신이 너무도 쉽게 대체될 수 있음을, 또한 차라리 지상에서 사라져 버리는 게 나을 수도 있음을 알아차리지 못한다. 그런 삶에 저항하는 여자들은 거의 없다. 내가 아는 한 그들은 불평이란 걸 하지 않는데, 그건 '누구'에게 불평해야 할지 모르기 때문이다. 그 '누구'는 존재할까?

　나는 시작하기 위해 몸을 풀고 있다. 용기를 내기 위해 두 손을 맞비빈다. 정신을 일깨우기 위해 기도를 올렸던 순간이 퍼뜩 떠오른다: 움직임은 정신이다. 기도는 남들의 눈에 띄지 않고서도, 아무 말 없이도 나 자신에게 도달할 수 있는 방법이었다. 나는 기도할 때 영혼을 비울 수 있었고―그리고 그 비어 있음은 내가 가질 수 있는 전부였다. 그 외엔 아무것도 없다. 하지만 비어 있음은 그 자신만의 가치를 지니며, 그 겉모습은 풍요로움의 형태를 띠고 있다. 얻는 법 중의 하나는 찾지 않는 것이며, 소유하는 법 가운데 하나는 구하지 않고 그저 믿는 것이다. 내 안에 있으리라 믿고 있는 정적이야말로 내게 주어진 수수께끼의 답일 거라는 믿음.

앞에서도 암시했듯이, 나는 더욱 단순한 방식으로 이 글을 쓰려 한다. 어차피 글감도 너무 평범하고 변변찮다. 내 등장인물들에 관한 정보는 빈약한 데다 무얼 시원하게 설명해 주지도 못하는데, 왜냐하면 그 정보는 나 자신에게서 힘겹게 뽑아 낸 다음 다시 내게로 보낸 것이기 때문이다. 그것들은 그저 시간을 벌기 위한 장치다.

그래, 하지만 무언가를 쓰기 위해선 단어를 기본 재료로 삼아야 한다는 점을 잊지 말아야 한다. 그래서 이 이야기는 문장을 만드는 단어들로 이루어질 것이며, 그 과정에서 단어와 문장 너머에 있는 은밀한 의미가 흘러나올 것이다. 물론 모든 작가들이 그러하듯, 나 또한 과즙이 많은 단어들을 사용하고픈 유혹을 느낀다. 나도 현란한 형용사들, 알찬 명사들, 너무도 날렵해서 허공을 뚫고 날아가서는 곧바로 행동에 돌입할 것만 같은―말은 행위니까, 그렇지 않은가?―동사들을 알고 있다. 하지만 나는 단어에 장식을 달지 않을 작정인데, 만일 내가 그 여자의 빵에 손을 대면 그 빵이 황금으로 변할 것이기 때문이다. 그러면 그 여자(열아홉 살이다), 그 여자는 그 빵을 씹을 수 없게 될 것이고, 굶주려 죽어 갈 것이다. 그러니 그녀의 여리고도 흐릿한 존재를 담아내려면 최대한 간결하게 말해야 한다. 나는 겸허히 스스로에게 제한을 두어—나의 겸허함에 대해 떠벌리는 건 겸허함이 아니니까 그런 행동은 지양하겠다—비정한 도시에 사는 한 여자의 서툰 모험들을 전하는 역할에 머물 것이다. 그녀는 알라고아스주의 오지에 그대로 남아 무명옷을 입고 타자기 없이 살았어야 했다. 어차피 학교를 3년밖에 못 다녀서 글도 잘 못 썼으니까. 그녀는 너무 우둔해서 타자기를 칠 때면 한 글자 한 글자 천천히 쳐야 했다—속성으로 타자를 가르쳐 준 사람은 그녀의 고모였다. 덕분에 그녀는 일말의 위엄을 갖추게 되었다: 적어도 타이피스트가 되었으니까. 비록 자음 두 개를 연달아 쓰는 걸 용납할 수 없어서 존경하는 사장님이 사랑스럽고 동글동글한 글씨체로 'designar[1]'이라고 써 놓은 걸 멋대로 'desiguinar'라고 고치긴 했지만.

나 자신조차 알지 못하는 나에 대해 계속 이야기하는 걸 이해해 주기 바란다. 나는 지금 이 글을 쓰다가 나에게 운명이 있다는 사실을 발견하고는 약간 놀란 상태다. 이런 의문을 품어 보지 않은 사람도 있을까: 나는 괴물일까, 아니면 이게 내가 인간이라는 뜻일까?

그보다 먼저, 나는 이 여자가 목적 없이 산다는 것 말고는 스스로에 대해 아는 게 없다는 점을 밝히고 싶다. 만일 그녀가 스스로에게 '나는 누구일까?'라는 질문을 던질 만큼 멍청하다면 무참히 고꾸라지고 말 것이다. 왜냐하면 '나는 누구일까?'는 하나의 욕구를 만들기 때문이다. 그 욕구를 어떻게 충족시킬 수 있겠는가? 의구심에 잠기는 자들은 불완전하다.

내가 이야기하려는 여자는 너무 멍청해서 가끔은 길거리에서 사람들에게 미소를 보낸다. 하지만 아무도 그 미소에 답하지 않는데, 사람들이 그녀를 쳐다보지도 않기 때문이다.

나에게로 돌아오면: 내가 쓰려는 이야기는 교양을 갈망하는 까다로운 독자의 흥미를 끌지는 못할 것이다. 그저 적나라할 뿐인 이야기이기 때문이다. 비록 그 배경에는 내가 밤에 고통 속에서 잠들 때마다 꿈속에 등장하는 고통스러운 그림자가—심지어 이 문장을 쓰는 지금도—어른거리고 있긴 하지만 말이다. 그러니 앞으로 나올 이야기에서 별을 기대하지 말라: 아무것도 반짝이지 않을 테니까. 이 이야기의 재료는 불투명하며,

---

1)   포르투갈어로 지정하다, 임명하다 등의 뜻을 갖고 있다.

모두에게서 멸시당할 운명을 타고났다. 왜냐하면 이 이야기에는 칸타빌레 선율이 없기 때문이다. 이 이야기의 리듬은 가끔 귀에 거슬린다. 그리고 이 이야기는 사실들을 담고 있다. 어느 순간 나는 문학성을 배제한 사실들에 푹 빠져 버렸다—사실들은 단단한 돌이고, 지금 나는 생각보다는 행동을 더 흥미롭게 여기고 있다. 사실들로부터 벗어날 수는 없다.

이야기를 건너 뛰어 지금 당장 결말을 대강 말해야 하나 싶기도 하다. 하지만 이 이야기가 어떻게 끝날지는 나 자신도 전혀 알지 못한다. 게다가 시간의 순서에 따라 한 걸음씩 나아가야만 한다는 생각도 점점 더 확고해지는 중이다: 무릇 짐승마저도 시간을 상대해야 하는 법이니까. 게다가 내게는 가장 기본적으로 지켜야 할 사항이 있다: 그 여자에 대한 조바심이 들더라도 서서히 나아갈 것.

나는 이 이야기를 통해 스스로를 더 예민하게 만들 것이며, 또한 모든 하루가 죽음으로부터 훔친 하루라는 걸 더 잘 알게 될 것이다. 지식인이 아닌 나는 몸으로 글을 쓴다. 내가 쓰는 건 축축한 안개다. 말들이란 종유석들과 레이스 장식과 변형된 오르간 음악 사이를 불규칙하게 가로지르는 그림자들로부터 주입받은 소리들이다. 저 풍요롭고 활기찬, 끔찍하고 어두운, 고통이 발하는 두텁고 낮은 소리와는 반대되는 음조를 지닌 그물망. 나는 감히 그곳을 향해 말들을 되지를 엄두조차 내지 못한다. 알레그로 콘 브리오.[2] 나는 숲에서 황금을 얻어 내려는 노력을 기울일 것이다. 그래, 나도 알고 있다. 지금 나는 이야기를 미루며 공 없는 공놀이를 하는 중이다. 사실이란 곧 행위일까? 맹세컨대 이 책은 말들 없이 만들어진다. 이 책은 음소거된 사진이다. 이 책은 하나의 침묵이다. 이 책은 하나의 질문이다.

하지만 내가 지금 긴 사설을 늘어놓는 건 빈곤한 이야기를 미루기 위해서가 아닐까 하는 의구심이 든다. 이 타이피스트가 내 인생에 등장하기 전까지, 나는 문학적으로 이렇다 할 성공은 거두지 못했어도 그럭저럭 만족스럽게 사는 남자였다. 어째서인지 상황이 너무 좋다 보니 아주 나빠질 수도 있었다. 무엇이든 완전히 무르익으면 썩는 법이니까.

그래서 나는 갑자기 나 자신의 한계를 넘어서는 일에 매료되었다. 그리고 현실에 대해 써야겠다는 생각이 들었다. 현실이란 게 어떤 의미를 지니든, 그것은 나를 넘어선 곳에 있었으니까. 내 이야기가 너무 달콤

---

2)   allegro con brio. 빠르고 활기차게 연주하라고 지시하는 음악 용어

하게 들릴까? 그럴 수도 있지만 바로 지금부터 나는 메마르고 단단해질 것이다. 그리고 내가 쓰고 있는 글은 최소한의 호의나 도움도 청하지 않는다: 이 글은 이른바 고통이라는 것을 귀족의 위엄으로 참고 견딘다.

어쨌거나. 내가 글 쓰는 방식을 바꾸려는 것처럼 보일 것이다. 하지만 나는 그저 내가 원하는 걸 쓸 뿐이다. 나는 전문 작가가 아니다-나는 이 북동부 여자에 대해 써야만 하고, 그러지 못한다면 질식할 것이다. 그녀는 나를 비난하고 있고, 나 자신을 방어하는 길은 그녀에 대해 쓰는 것뿐이다. 나는 대담하고 가차 없는 화가의 붓질로 글을 쓴다. 앞에서 말한 대로 사실들을 불변하는 돌들처럼 다룰 것이다. 비록 내가 현실에 대해 추측하는 동안 나를 앞으로 나아가게 할 종소리가 울려 퍼지길 바라지만 말이다. 그리고 만약 천사들이 마치 투명한 말벌들처럼 나의 뜨거운 머리 주위에서 퍼덕인다면, 그럼 더 쉬워질 것이다. 왜냐하면 이 머리는 결국 객체로, 사물로 변하길 원하니까.

정말로 행위가 말 너머에 존재할까?

하지만 나는 글을 쓸 때-사물들이 자신의 진짜 이름으로 알려지게 한다. 개개의 사물은 하나의 말이며, 해당하는 말이 없는 경우엔 만들어진다. 우리에게 그걸 만들라고 명령하는 건 바로 당신의 신이다.

나는 왜 글을 쓰는가? 그건 무엇보다도 내가 언어의 혼을 포착했기 때문이며, 바로 그 이유로 가끔 형식이 내용을 만들어 낸다. 따라서 나는 그 북동부 여자를 위해서가 아니라 '불가항력'이라는 중대한 원인 때문에 글을 쓰고 있는 것이다. 마치 사람들이 공문서 속에서 '법적 강제'라는 표현을 쓸 때처럼.

그렇다, 나의 힘은 고독에 있다. 나는 폭우나 거센 돌풍을 두려워하지 않는다. 나 자신도 밤의 어둠이니까. 어둠? 옛 여자 친구가 떠오른다: 그녀는 경험이 많았고, 그 몸에는 어둠이 깃들어 있었다. 나는 그녀를 결코 잊을 수 없다: 같이 잔 사람은 잊지 못하는 법이다. 그런 일은 살아 있는 육신에 불꽃 모양의 문신으로 남으며, 그 낙인을 보면 모두들 겁에 질려 달아난다.

이제 나는 북동부 여자에 대해 이야기하고 싶다. 내 의중은 이렇다: 그녀는 떠돌이 개처럼 오직 그녀 자신에 의해서만 인도되었다. 나 역시 이런 저런 실패 끝에 나 자신으로 축소되었으나, 적어도 나는 세상과 신을 만나고 싶어 한다.

그 젊은 여자와 나 자신에 대한 정보를 하나 덧붙이자면, 우리는 오직 현재 속에서만 산다. 그건 언제나 영원히 오늘이기 때문이고, 내일은 오늘이 될 것이며,

영원은 바로 이 순간의 상태이기 때문이다.

나는 방금 그 북동부 여자에 대한 글을 쓰면서 두려움에 젖었다. 문제는: 나는 어떻게 쓰는가? 내가 영어와 프랑스어를 귀로 배웠던 것처럼 글도 귀로 쓰고 있다는 건 확실하다. 작가로서 갖추고 있는 조건은? 나는 굶주리는 사람들보다는 돈이 많으며, 그것 때문에 어쩐지 정직하지 못한 상태가 되어 있다. 하지만 나는 거짓말을 할 때만 거짓말을 한다. 글을 쓸 때는 거짓말을 하지 않는다. 또 뭐가 있지? 그래, 나는 특정 사회 계층에 속하지 않은 열외자다. 상류층은 나를 기이한 괴물로 여기고, 중류층은 내가 그들의 안정을 흔들까 봐 걱정하며, 하류층은 내게 접근조차 하지 않는다.

아니, 글을 쓰는 건 쉬운 일이 아니다. 돌을 깨는 것만큼 어렵다. 불꽃과 파편이 번득이는 칼날처럼 날아다닌다.

아아, 시작하려니 몹시 두렵다. 나는 심지어 그 여자의 이름조차 알지 못한다. 게다가 이야기는 너무 단순해서 절망적일 정도다. 내가 하려는 이야기는 누구나 쓸 수 있는 것처럼 쉬워 보인다. 하지만 이야기를 자세히 풀어가는 건 무척 어려운 일이다. 이미 거의 지워져서 잘 보이지도 않는 걸 선명히 밝혀야 하기 때문이다. 진흙 속에 파묻혀 보이지 않는 무언가를 진흙투성이의 굳은 손으로 더듬어 찾는 것이다.

한 가지 확신하는 것 : 이 서술은 섬세한 작업으로, 나처럼 엄연히 살아 있는 한 인간을 창조하는 일이 될 것이다. 내가 할 수 있는 일이라곤 워낙 야윈 탓에 길 위를 날리듯 걸어 다니는 그녀를 당신이 알아볼 수 있도록 그녀의 모습을 보여 주는 것뿐이니, 당신이 그녀를 보살펴 주기 바란다. 그리고 만일 내 이야기가 슬프다면? 분명 나는 나중에 유쾌한 부분을 쓸 것이다. 왜냐고? 왜냐하면 나 역시 호산나[3]를 외치는 인간이므로, 아마도 언젠가는 그 북동부 여자의 고난을 전하기보다는 그녀를 찬미하게 될 것이기 때문이다.

하지만 아직은, 나는 벌거벗거나 누더기 차림으로 걷고 싶으며, 적어도 한 번은 성찬식 빵과 같은 맛없음을 체험해 보고 싶다. 성찬식 빵을 먹는다는 건 세상의 맛없음을 맛보고 '아니' 속에서 목욕하는 것이다. 이것이 나의 용기다, 오래도록 갖고 있었던 편안한 느낌들을 포기하는 것.

지금은 편안하지 않다 : 그 여자 이야기를 하려면

---

3)   hosanna. '우리를 구원하소서'라는 뜻으로, 성경에서는 주로 희망적인 상황에서 하느님을 찬미할 때 쓰인다.

며칠간 면도를 하지 말아야 하고, 수면 부족으로 생긴 다크 서클을 매단 채로 극도의 피로감에 꾸벅꾸벅 졸아야만 한다. 나는 육체노동자다. 게다가 낡은 누더기 옷을 입고 있다. 이게 다 그 북동부 여자의 수준에 맞추기 위해서다. 하지만 여전히 의식하고 있는 게 하나 있으니, 바로 이 사회를 향해 나를 드러낼 때는 보다 설득력 있는 모습을 갖추어야 한다는 것이다. 그들은 여기 앉아 타자기를 두드리고 있는 사람에게 너무도 많은 걸 요구하곤 하니까.

이 모든 것은, 그래, 이야기는 역사다. 그렇지만 나는 절대 잊지 말아야 할 것 하나를 미리 유념해 두려 한다: 말은 말이 맺은 결실이며, 말은 말을 닮아야만 한다는 것. 그것을 달성하는 일이야말로 내가 스스로에게 부여한 첫 번째 임무다. 말은 치장이나 헛된 기교로는 채워질 수 없으니, 그것이 될 수 있는 것은 오직 그 자신뿐이다. 음, 사실 나 역시 순수한 감각에 이르기를 원했었지만, 그 감각은 너무도 순수해서 영영 기록돼 남을 문장 속에 억지로 욱여넣을 수가 없었다. 한편, 나는 마치 흙으로 만든 트롬본처럼 가장 두텁고 가장 낮고 가장 깊은 소리를 낼 수 있기를 바라는데, 왜냐하면 글을 쓰다 초조해질 때면 가슴속에서부터 곧바로 터져나오는 폭소를 설명할 이유를 달리 찾지 못했기 때문이다. 또한 나는 내 자유를 받아들이기를 원하고, 그러면서도-많은 사람들이 그렇게 생각하듯-'그저 존재하기'가 바보들이 지닌 특성, 즉 광기의 한 증상이라는 생각을 하지 않으려 한다. 왜냐하면 정말 그게 맞는 것 같기 때문이다. 존재한다는 건 논리적이지 못한 일이다.

이 이야기는 내가 다른 사람이 되었다가 마침내 하나의 사물로 구체화되면서 끝날 것이다. 그렇다, 심지어 이 이야기는 감미로운 플루트가 될 수도 있고, 그 플루트는 마치 유연한 리아나⁴⁾ 덩굴처럼 그것을 휘감으려는 나에게 뒤덮일 것이다.

하지만 오늘로 돌아가자. 왜냐하면, 알다시피 오늘은 오늘이니까. 독자들은 나를 이해하지 못하고, 나는 나를 비웃는, 노인들이 내는 것 같은 성급하고 귀에 거슬리는 웃음소리를 침울하게 듣는다. 그리고 나는 길거리의 신중한 발소리들을 듣는다. 나는 공포로 떤다. 다행히 지금 내가 쓰려 하는 건 이미 내 안에 쓰여 있다. 나는 그저 흰 나비 같은 섬세함으로 나 자신을 복제하기만 하면 된다. 흰 나비가 떠오른 건, 만일 그 여자가

---

4)   liana. 열대 지방의 덩굴 식물

결혼한다면, 야위고, 가볍고, 그리고, 처녀로서 흰 옷을 입을 것이기 때문이다. 어쩌면 그녀가 결혼을 안 할 수도 있을까? 실제로 나는 하나의 운명을 손에 쥐고 있긴 하지만, 내 마음대로 이야기를 지어낼 수 있을 정도로 막강한 힘을 가졌다고는 생각하지 않는다: 나는 숨겨진 운명의 선線을 따라간다. 나는 나를 넘어선 곳에 있는 진실을 추구해야 한다. 어째서 나는 아름답게 꾸며지지도 않은 가난 속에 사는 젊은 여자에 대해 써야 하는가? 아마도, 그녀의 내면은 이 세상과 동떨어진 공간일 것이기 때문에, 또한 저 너머에 존재하는 것들의 숨결을 느끼고 싶어 하는 내가 신성에 가닿으려면 육체와 영혼의 가난을 필요로 하기 때문에. 나는 너무도 보잘것없기에 나 이상의 존재가 되고 싶다.

　　나는 이 세상에서 달리 할 일이 없기 때문에 글을 쓴다: 나는 여기 남겨졌으며 사람들의 세상에는 내 자리가 없다. 나는 절박하고 지친 상태로 글을 쓴다. 나로서 존재하면서 맞이하는 일상을 더 이상 견딜 수 없으므로, 글쓰기라는 항상 새로운 작업이 없다면, 나는 날마다 상징적인 죽음을 맞이할 것이다. 하지만 나는 뒷문으로 조심스럽게 빠져나갈 준비가 되어 있다. 나는 열정과 그것이 가져다준 절망을 포함한 거의 모든 걸 체험해 보았다. 이제 내가 갖고 싶은 건 그동안 가져 볼 수 있었으나 결코 갖지 못했던 것들뿐이다.

내가 이 북동부 여자에 대해 아주 사소한 일들까지 아는 것처럼 보이는 이유, 그건 결국 내가 그녀와 함께 살아가고 있기 때문이다. 나는 그녀에 대해 너무 많은 걸 떠올린다. 그녀는 끈적이는 당밀이나 검은 진흙처럼 내 살에 달라붙어 있다. 나는 어렸을 때 강 건너기를 두려워하는 노인의 이야기를 읽은 적이 있다. 노인은 마침 강을 건너려 하는 젊은이를 만났다. 노인은 기회를 놓치지 않고 이렇게 말했다.

　"나도 데려가 주겠나? 자네 어깨에 태워서?"

젊은이는 그러겠다고 했고 강을 다 건넌 뒤 노인에게 말했다.

　"강을 건넜으니 이제 내리셔도 됩니다."

하지만 노인은 교활하고도 현명하게 말했다.

　"어림없지! 자네 어깨에 올라타니 너무 좋아서 절대 안 내릴 걸세!"

이 타이피스트도 내 어깨에서 내리고 싶어 하지 않는다. 하고 많은 사람 중에 가난은 추하고 무차별적이라는 걸 깨달은 내게서 말이다. 그래서 내 이야기가 어떻게 될지는 나도 알지 못한다. 나는 아무것도 모르며, 아직도 이야기를 시작할 용기를 내지 못하고 있다. 일들이 일어날까? 일어날 것이다. 하지만 어떤 일들? 그것 역시 모르겠다. 나는 기대에 찬 독자들의 애를 태우려고 이러는 게 아니다. 나는 정말로 무엇이 나를 기다리고 있는지 알지 못하며, 내 손바닥 위에서 안절부절못하는 이 이야기의 등장인물은 틈만 나면 도망치고 있다. 내가 자신을 되찾아 주기를 기대하면서.

한 가지 사실을 알려 주는 걸 깜빡했다. 지금까지 이 글을 쓰는 동안 어느 군인이 힘차게 치는 북소리가 내내 울리고 있었다. 내 이야기가 시작되는 순간—갑자기 북소리가 멎을 것이다.

나는 그 북동부 여자가 거울을 들여다보고 있는 걸 본다—둥둥 울리는 북소리—거울 속에 면도도 하지 않은 내 지친 얼굴이 나타난다. 우리는 그렇게 상호 교차가 가능하다. 그녀가 육신을 지닌 인간이라는 점에는 의심의 여지가 없다. 그리고 감히 한 가지 사실을 말하자면: 그녀는 부끄러움 때문에 아직 자신의 알몸을 본 적이 없었다. 그녀가 그 부끄러움을 갖게 된 건 정숙해서일까, 아니면 못생겨서일까? 한편, 나는 사실들과 사실들을 어떤 식으로 다루어야 할지에 대해서도 고민하고 있다. 왜냐하면 별안간 비유에 매료되었기 때문이다(나는 인간의 행동을 창조하고는 두려움에 떤다). 나는 추상적인 색채만 사용하면서도 그건 스스로 선택한 방식일 뿐, 그림을 그릴 줄 몰라서 그러는 게 아니라는 걸 보여 주고 싶어 하는 화가처럼 비유를 원한다. 나는 이 여자를 그리려면 자제력을 가져야 한다. 또 그녀의 영혼을 포착하려면 검소하게 과일로 배를 채우고 차게 식힌 백포도주를 마셔야 하는데, 그건 더위 때문이다. 오직 이곳을 통해서만 세상을 바라보기 위해 내가 스스로를 가둔 이 골방의 더위. 또한 나는 섹스와 축구도 포기해야 했다. 모든 인간과의 접촉을 피한 건 물론이다. 언젠가는 예전의 삶으로 돌아가게 될까? 그럴 것 같진 않다. 지금 생각났는데, 당분간은 아무것도 읽지 않겠다고 말해 두는 걸 깜빡했다. 내 언어의 단순성을 호화로움으로 오염시킬까 두려워서다. 앞에서도 말했다시피 나의 도구인 말은 말을 닮아야 하니까. 아니면 혹시 내가 작가가 아닌 걸까? 사실 나는 작가라기보다는 배우다. 구두점을 찍는 방식이 단 하나로 정해진 상태에서 어조를 가지고 다른 사람들을 홀려, 그들의 호흡이 내 텍스트와 함께 가도록 만들고 있으니까.

곧 이야기가 시작되어야만 한다. 사실들의 압력을 더 이상 견딜 수가 없기 때문이다. 곧 시작되어야만 할 이 이야기는 세상에서 가장 인기 있는 음료, 세상 모든 나라에 유통되는 음료, 나한테 땡전 한 푼 주는 건 없지만, 그 음료의 후원을 받아 쓰인다. 최근 과테말라에서 일어난 지진을 후원한 바로 그 음료다. 비록 매니큐어와 비누와 플라스틱 맛이 나지만 말이다. 그런데도 다들 비굴한 노예근성을 발휘해 가며 그 음료를 사랑한다. 그 이유 중 하나는—이건 오직 나만 이해하는 기묘한 논리이긴 하지만—코카를 함유한 이 음료가 바로 오늘이기 때문이다. 이 음료는 사람을 최신 상태로 갱신시켜 주고 지금을 살게 한다.

그 여자에 대해 말하자면, 그녀는 최악에도 최고에도 이르지 않은 채 비인간적인 중간 상태에서 살고 있다. 그녀는 숨을 들이쉬고 내쉬고 들이쉬고 내쉬며 그저 살아간다. 사실—왜 그 이상의 것을 해야 하는가? 그녀의 존재는 빈약하다. 그렇다. 하지만 왜 내가 죄책감을 느껴야 하는가? 왜 그녀에게 구체적인 도움을 주지 못한 데 대한 마음의 짐을 벗으려 애써야 하는가? 그 여자—나는 이제 거의 이야기 속에 들어섰음을 알 수 있다—, 다소 수상쩍은 핏자국들이 희미하게 남은 싸구려면 속옷을 입고 자는 그 여자. 추운 겨울밤에 몸을 잔뜩 웅크린 그녀는 자신의 미미한 온기를 스스로 주고받으며 잠들었다. 피곤에 지쳐 세상모르고 곯아떨어져서는, 코가 막혀 입을 벌리고 잤다.

이 글을 이해하는 데 있어 매우 중요한 한 가지 사실을 덧붙여야겠다: 이 글은 처음부터 끝까지 은근한 치통을 동반하는데, 치아의 법랑질이 깨졌을 때 생기는 부류의 치통이다. 또한 길모퉁이에 있는 야윈 남자가 연주하는 구슬픈 바이올린 소리도 동반될 것이다. 그 남자의 얼굴은 조붓하고 이미 죽은 사람처럼 누렇다. 어쩌면 죽은 사람인지도 모른다.

내가 이 모든 장황한 설명들을 늘어놓는 건, 너무 많은 것을 약속해 놓고는 그저 작고 단순한 걸 내놓을지도 모른다는 두려움 때문이다. 이 이야기는 거의 아무것도 아니다. 내가 할 일은 갑작스럽게 시작하는 것이다. 마치 자살하려는 용기를 통해 지독한 추위에 맞서며 얼음장 같은 바닷속으로 뛰어들듯이. 나는 이렇게 말하면서 중간쯤부터 시작하려고 한다. 그녀는—

—그녀는 무능했다. 삶에 대해 무능했다. 그녀는 문제가 생겨도 도무지 해결책을 찾을 줄 몰랐다. 그저 그녀 자신이 자기 안에서 어떤 식으로 부재하고 있는가를 어렴풋이 깨닫기 시작했을 뿐이다. 만일 그녀에

게 뭔가를 표현할 능력이 있었다면 이렇게 말했으리라: 세상은 내 바깥에 있고, 나는 내 바깥에 있다. (이 이야기를 쓰는 건 힘든 작업이 될 것이다. 나는 그 여자와 아무런 관련이 없음에도, 그녀를 통해 나의 모든 걸, 나 자신의 여러 두려움에 에워싸인 채, 써야 하기 때문이다. 사실들은 우렁찬 목소리로 말하지만, 그 사실들 사이에 속삭임이 있다. 나를 경악시키는 건 그 속삭임이다.)

그녀는 문제가 생겨도 도무지 해결책을 찾을 줄 몰랐다. 그래서 (폭발) 그 도르래 유통 회사 사장이 그녀에게 오타가 너무 많고 항상 타이핑을 지저분하게 한다며 그녀의 동료 글로리아만 데리고 가겠다는 무례한 경고를 했을 때(그녀의 멍청한 얼굴, 뺨을 때려 주기를 청하는 것 같은 그 얼굴이 무례함을 불렀다), 그녀는 자신을 위해 꺼낼 말이 없었다. 그녀는 남몰래 흠모해 온 사장에게 존경심을 표하기 위해 무슨 말이든 해야겠다는 생각에 깍듯이 예의를 차려 말했다.

"문제를 일으켜 죄송합니다, 사장님."

이미 등을 돌린 하이문두 실베이라 씨는 그 뜻밖의 정중함에 약간 놀라 돌아보았다. 거의 미소를 띤 타이피스트의 얼굴을 본 그는 마지못해 누그러진 목소리로 말했다.

"뭐, 당장 그만둘 필요는 없고, 조금 더 있어도 돼."

사장의 경고를 듣고 충격에 휩싸인 그 여자는 혼자 있
고 싶어서 화장실로 갔다. 그녀는 자신의 인생과 너무
도 잘 어울리는, 낡고 금이 간 채로 머리카락이 잔뜩 낀
세면대 위에 달려 있는 거울을 기계적으로 들여다보았
다. 그 어둡고 희뿌연 거울에는 아무것도 비치지 않는
듯했다. 그녀의 물리적 존재가 사라진 걸까? 그런 환상
은 금세 지나갔고, 작은 싸구려 거울 속에는 잔뜩 일그
러진 얼굴이 드러났다. 코가 종이반죽으로 만들어 붙
인 광대의 코처럼 거대했다. 그녀는 자신을 바라보며
대수롭지 않게 생각했다: 너무 젊은데 벌써 녹슬었어.
　　(어떤 사람들은 그걸 가졌다. 어떤 사람들은 갖지 못했
다. 아주 간단하다: 그 여자는 갖지 못했다. 뭘 갖지 못했냐
고? 바로 그거다: 그녀는 갖지 못했다. 만일 당신이 내 말을
이해한다면, 좋다. 만일 이해하지 못한다면, 그래도 좋다. 그
런데 나는 왜 이 여자에게 신경을 쓰고 있을까? 내가 다른 무
엇보다 간절히 원하는 건 황금빛으로 무르익은 여름의 밀알
들인데.)
　　그녀가 어렸을 때 고모는 그녀에게 겁을 주려고

흡혈귀―사람의 목을 물어뜯어 피를 빨아먹는 자―는
거울에 안 비친다고 말했다. 그녀는 흡혈귀가 되는 것
도 그리 나쁘진 않겠다고 생각했다. 그럼 누렇게 뜬 얼
굴에 화색이 좀 돌 수도 있을 테니까. 그녀는 아예 피가
없는 것처럼 보였다. 물론 언젠가는 피를 흘릴 날이 오
겠지만.

그녀는 바느질하는 여자처럼 어깨가 구부정했다.
그녀는 어릴 때 바느질을 배웠다. 만약 바느질이라는
섬세한 작업에 헌신했더라면, 그녀는 삶 속으로 더 깊
이 들어가, 어쩌면 실크를 만지고 있을지도 몰랐다. 아
니면 화려한 옷감들을. 곱게 반들거리는 새틴, 영혼의
키스. 바느질하는 작은 모기. 개미가 등에 짊어진 설탕
알갱이. 그녀는 약간 바보 같은 데가 있긴 했지만 바보
는 아니었다. 그녀는 자신이 불행하다는 걸 몰랐다. 믿
음이 있었기 때문이다. 무엇에 대한? 당신에 대한. 하
지만 꼭 어떤 누군가를, 혹은 무언가를 믿어야 할 필요
는 없다―그저 믿음 자체로 족한 것이다. 그로 인해 그
녀는 가끔씩 은총 안에 머물 수 있었다. 그녀는 믿음을
잃은 적이 없었다.

(그녀 때문에 너무 불편해서 공허한 기분이 든다. 나는
그녀의 공허다. 그녀가 요구하는 게 적을수록 내 마음은 불편
해진다. 나는 화가 난다. 분노가 치밀어 컵과 접시를 박살 내

고 창문을 깰 수도 있다. 어떻게 하면 나 자신에게 복수할 수 있을까? 아니 그보단, 어떻게 하면 나 자신에게 보상해 줄 수 있을까? 알겠다: 그 여자보다 먹을 게 많은 내 개를 사랑해 주는 것이다. 그녀는 어째서 이 말에 반응하지 않을까? 근성이 부족해서? 아니, 다정하고 순종적이기 때문이다.)

그녀는 보았다. 거울 속에서 무언가를 캐묻듯 툭 불거진 크고 동그란 눈―날개가 꺾인 사람의 시선. 그 눈이 묻는 건 갑상선에 관한 문제였다. 그녀는 누구에게 물었을까? 신? 그녀는 신에 대해 생각하지 않았고, 신도 그녀에 대해 생각하지 않았다. 신은 신을 가질 수 있는 사람들의 것이다. 신은 당신이 딴 데 정신이 팔려 있을 때 나타난다. 그녀는 아무런 질문도 하지 않았다. 그녀는 답이란 건 세상 어디에도 없으리라 짐작했다. 아니면, 혹시 그녀는 질문을 할 만큼 멍청했을까? 그러고 나서 면전에서 '아니'라는 답을 얻었을까? 어쩌면 그 공허한 질문은 훗날 질문 한 번 해 본 적이 없었냐는 소리를 듣지 않으려고 그냥 던져 본 것인지도 모른다. 대답해 줄 사람이 없었으므로, 그녀는 스스로 대답한 듯했다: 그건 그렇기 때문에 그런 거야. 이 세상에 그것 말고 다른 답이 있을 수도 있을까? 그보다 나은 답을 아는 사람이 있다면 나에게 말해 주기 바란다. 나는 여러 해 동안 그 답을 기다려 왔다.

한편, 구름은 희고 하늘은 한껏 푸르다. 어째서 신은 이리도 대단한가. 왜 인간들은 이리도 초라한가.

전과를 가진 채 태어난 그녀는 이제 누구의 딸도 아닌 존재처럼, 마치 자신이 공간을 차지하고 있다는 사실에 대해 사죄하고 있는 사람처럼 보였다. 심란해진 그녀는 거울 속 자신의 얼굴에 자리 잡은 반점들을 자세히 살폈다. 알라고아스에서는 '파누'5)라고 불리는 그 반점들은 간과 관계가 있다고 했다. 그녀는 그 반점들을 가리기 위해 흰 분을 두껍게 칠했다. 회반죽을 바른 것처럼 보이긴 해도 칙칙한 것보단 나았다. 그녀는 몸을 잘 안 씻어서 전체적으로 좀 더러웠다. 낮에는 블라우스와 치마를 입고, 밤에는 속옷 차림으로 잤다. 한 룸메이트는 그녀에게서 퀴퀴한 냄새가 난다는 말을 어떻게 해야 할지 몰랐고, 어떻게 해야 할지 몰랐으므로 그냥 내버려 두었다. 그녀에게 마음의 상처를 주고 싶지는 않았던 것이다. 반점들 사이의 피부에는 오팔 비슷한 빛이 살짝 맴돌았지만, 그녀 안에 있는 무언가가 빛을 내뿜는 일은 생기지 않았다. 그렇다고 그게 문제가 되진 않았다. 길거리에서 그녀를 쳐다보는 사람은 아무도 없었으니까. 그녀는 식은 커피였다.

그 여자에게 시간은 그렇게 흘러갔다. 그녀는 속옷 밑단에다 코를 풀었다. 그녀에겐 매력이라고 불릴

만한 섬세한 무언가가 없었다. 그녀에게서 매력을 발견하는 사람은 나뿐이다. 그녀에 대해 쓰는 작가인 나만이 그녀를 사랑한다. 나는 그녀 때문에 고뇌한다. 그리고 오직 나만이 이렇게 말할 수 있다: "내가 노래해주지 않는다고 징징거리다니, 도대체 나한테 원하는 게 뭐야?" 자기가 개인 줄 모르는 개처럼, 그 여자는 자신이 어떤 처지인지 몰랐다. 그래서 그녀는 불행을 느끼지 않았다. 그녀가 원하는 건 오직 삶이었다. 하지만 그녀는 무엇을 위해 사는지는 알지 못했고, 아무것도 묻지 않았다. 어쩌면 그녀는 그저 살아 있다는 사실 속에 작은 영광이 있다고 생각했는지도 모른다. 그녀는 사람이 행복해야만 한다고 생각했다. 그래서 행복했다. 그녀는 태어나기 전에는 하나의 생각이었을까? 그녀는 태어나기 전에는 죽어 있었을까? 그리고 태어난 후에는 죽게 될까? 무슨 얇은 수박 한 쪽 같군.

이야깃거리가 될 만한 건 별로 없고, 심지어 나는 내가 무슨 이야기를 하고 있는지도 아직 잘 모르겠다.

이제 (폭발) 나는 그녀가 화장실 거울 앞에 서기까

---

5)   브라질에서는 피부 질환인 백선을 '흰 천'이라는 뜻의 파누 브랑쿠 pano branco라고 부른다. 파누는 이 명칭의 줄임말로 보인다.

지, 그 지난 삶의 윤곽을 빠르게 그려 보려 한다.

　　그녀는 오지의 유산인 구루병을 갖고 태어났
다―앞에서 말한 전과가 이것이다. 두 살 때, 그녀의 부
모는 악마가 신발을 잃어버린 곳이라는 알라고아스 오
지에서 고약한 열병을 얻어 죽었다. 그로부터 한참 뒤,
그녀는 넓고 넓은 세상에서 단 하나뿐인 친척이자 독실
한 신자 행세를 하는 고모와 함께 마세이오로 갔다. 이
따금 그녀는 잊고 있던 무언가를 기억해 냈다. 예를 들
면 고모는 그녀의 머리를 툭툭 두들기곤 했는데, 왜냐
하면 고모가 생각하기에 인간에게 가장 중요한 부위는
바로 정수리였던 것이다. 고모는 손가락 마디를 세워
다가 칼슘 부족으로 뼈가 약해진 머리를 두들겼다. 고
모가 그녀를 때린 건 그런 손찌검이 엄청난 관능적 쾌
감―고모는 관능 같은 건 떠올리기만 해도 구역질이 나
서 결혼조차 하지 않았던 사람이었지만―을 주어서이
기도 했지만, 나중에 다 큰 조카가 길모퉁이에 서서 담
배를 피우며 남자를 기다리는 마세이오의 많은 여자들
처럼 되지 않도록 잘 감시하는 것이 자신의 의무라고
여겼기 때문이기도 했다. 하지만 그녀는 매춘부가 될
조짐이 전혀 없었다. 심지어 여자가 되는 것조차 그녀
의 소명이 아닌 듯했다. 하지만 잡초도 햇빛을 갈망하
는 법이라 사춘기는 늦게나마 찾아왔다. 그녀는 고모

의 손찌검은 잊었는데, 아픔은 시간이 지나면 결국 사라지기 때문이다. 그녀에게 더 큰 고통은 치즈를 넣은 구아바 젤리를 빼앗기는 것이었다. 날마다 즐기는 그 디저트가 그녀 삶의 유일한 낙이었으니, 교활하고 늙은 고모는 그녀를 벌할 때 분명 그 방법을 즐겨 썼을 것이다. 그녀는 자신이 왜 항상 벌을 받아야 하는지 의문을 품지 않았다. 하지만 사람이 모든 걸 다 알아야 할 필요는 없으며, 심지어 알지 못함은 그녀의 삶에서 중요한 부분을 차지하고 있었다.

그 알지 못함은 끔찍해 보일 수도 있었으나 그리 나쁘진 않았다. 아무도 가르쳐 주지 않아도 개는 꼬리를 칠 줄 알고 사람은 배고픔을 느낄 줄 안다: 당신은 태어나고, 당신은 그저 안다. 그녀도 그런 식으로 많은 걸 알아 왔다. 그러니, 그녀가 어떤 식으로 죽어야 할지 가르쳐 주는 사람은 없겠지만, 그럼에도 그녀는 언젠가 자신의 역할을 잘 아는 주인공처럼 죽을 것이다. 왜냐하면 죽음의 시간에 다다른 사람은 빛나는 스타 배우가 되기 때문이다. 그 순간은 만인의 영광된 순간이다. 그때 당신은 찬송 합창 속에서 새된 비명 소리를 들을 것이다.

그녀는 어렸을 때 동물을 무척 키우고 싶어 했다. 하지만 고모는 집에 동물을 들여 봐야 입만 하나 늘 뿐

이라고 했다. 그래서 그녀는 개의 사랑을 받을 자격이
없는 자신은 벼룩이나 키우며 살아야 한다고 생각했다.
그녀는 고모의 영향으로 고개 숙여 기도하는 습관을 익
혔다. 하지만 그녀의 신앙심은 오래 가지 않았다: 고모
가 죽은 뒤, 그녀는 다시는 성당에 발을 들이지 않았다.
성당에 나가 봐야 아무 느낌도 없었고 신들은 낯설 뿐
이었다.

삶은 그런 것: 버튼만 누르면 삶에 불이 환하게
들어온다. 다만 그녀는 어떤 버튼을 눌러야 할지 몰랐
다. 그녀는 자신이 기술 사회에서 얼마든지 대체 가능
한 톱니바퀴에 불과하다는 것조차 깨닫지 못했다. 하
지만 그녀는 당혹스러운 사실을 하나 발견하고 말았으
니: 아버지와 어머니가 있다는 게 어떤 건지 알지 못한
다는 것이었다. 그 맛을 잊은 것이다. 만일 그녀가 그
사실에 대해 숙고했다면, 자신은 알라고아스 오지의
흙 속에서 순식간에 생겨나는 버섯처럼 솟아났다고 말
할 수도 있었다. 그녀는 말을 하긴 했지만 극히 과묵했
다. 나는 가끔 그녀에게서 간신히 말 한 마디를 얻어내
지만 그 말은 금세 내 손가락 사이로 빠져나간다.

그녀는 고모의 죽음을 겪었음에도 자신은 그와 다
를 거라고, 절대 죽지 않을 거라고 확신했다. (나는 다른
사람이 되고 싶은 열망에 차 있다. 이 경우엔 다른 여자라고

해야겠지. 나는 그녀처럼 비참한 몰골로 떨고 있다.)

　　나는 분명하게 정의될 수 있는 것들에 대해 약간의 피로감을 느끼기 시작한다. 예감 속에 담긴 진실이 더 좋다. 나는 이 이야기에서 벗어나면 보다 무책임한 영역으로, 그저 약간의 예감들만이 존재하는 곳으로 돌아갈 것이다. 나는 이 여자를 지어내지 않았다. 그녀가 내 안으로 억지로 밀고 들어온 것이다. 그녀는 백치는 아니었지만 바보처럼 무능했고 사람을 쉽게 믿었다. 그래도 그녀는 먹을 걸 구걸해야 할 처지는 아니었다. 저 모든 빈민층 사람들은 그녀보다 더 가망이 없고 더 많이 굶는다. 오직 나만이 그녀를 사랑한다.

　　나중에 그들은 리우, 환상의 도시 리우데자네이루로 왔으며−그 이유는 아무도 알지 못한다−고모가 그녀에게 일자리를 얻어 주었다. 마침내 고모가 죽자 혼자가 된 그녀는 셋방을 얻어 로자스 아메리카나스[6]에서 일하는 여점원 네 명과 같이 살았다.

　　그 셋방은 아크리가에 있는 낡은 식민지풍 주택에 딸려 있었다. 그 동네는 선원들을 상대하는 매춘부들과 석탄 창고와 시멘트 창고로 가득 차 있었는데, 그건

---

6)　　브라질의 대표적인 유통 체인

부두에서 멀지 않았기 때문이었다. 끔찍한 부두는 그녀가 미래를 갈망하도록 만들었다. (무슨 일이지? 흥겨운 피아노 연주가 들리는 것 같은데―그 여자의 삶에 눈부신 미래가 기다리고 있을 수도 있다는 복선인가? 나는 그 가능성에 기쁨을 느낀다. 그걸 현실로 만들어 낼 수만 있다면 무엇이든 할 수 있을 것 같다.)

아크리가. 지옥 같은 동네. 아크리가의 살찐 쥐들. 나는 끔찍한 삶의 어두운 단면을 보여 주는 그 동네에 발을 들이지 않으며, 그곳에 공포를 느낀다는 사실을 전혀 부끄러워하지 않는다. 어쩌다 운이 좋아 수탉의 활기찬 울음소리가 들려올 때면 그녀는 향수에 젖어 오지를 추억했다. 부두를 통해 들락거리는 도매 물품들을 보관하는 저 삭막한 창고들 중 어딘가에 수탉이 울 만한 곳이 있는 걸까? (만약 이 책의 독자가 어느 정도 부유하고 안락한 삶을 누리는 사람이라면, 그는 자신의 삶에서 벗어나 다른 사람들이 어떻게 살아가는지 보게 될 것이다. 만약 그가 가난하다면 내 글을 읽지 않을 것이다. 늘 허기를 안고 살아가는 사람에게 있어 내 글을 읽는다는 건 사치스러운 행위일 뿐이기 때문이다. 따라서, 여기서 내가 맡은 역할은 일종의 안전밸브다. 평균적인 중산층이 직면하는 무자비한 삶으로부터 내 독자들을 보호하는 것이다. 물론 자신의 삶에서 벗어나는 건 퍽 두려운 일이다. 그건 나도 잘 알고 있지만,

본래 새로운 것은 다 두려운 법이다. 하지만 이 이야기에 등장하는 익명의 여자는 성경 속의 사람들만큼 구태의연한 인물이다. 그녀는 지하에 살았고 꽃을 피워 본 적이 없었다. 나는 거짓말을 하고 있다: 그녀는 풀이었다.)

그녀가 아크리가의 숨 막히는 여름 속에서 느끼는 건 땀뿐이었다. 악취 나는 땀. 나는 그 땀에 문제가 있었을 거라고 생각한다. 그녀가 결핵을 앓았는지는 잘 모르겠다. 아마 아닐 것이다. 밤의 어둠 속에서 한 남자가 휘파람을 불었다. 묵직한 발자국 소리, 버려진 개의 울부짖음. 한편으로는 고요한 별자리들, 그리고 그녀는 물론 우리와도 아무 관련이 없는 시간으로써의 공간. 그렇게 하루하루가 지나갔다. 수탉들이 울고 핏빛 새벽이 그녀의 시든 삶에 새로운 의미를 가져다주었다. 아침이면 아크리가에서도 새들이 지저귀었다: 왜냐하면 생명은 땅에서, 돌 사이의 틈에서 활기차게 솟아나기 때문이다.

아크리가는 살아가는 곳, 라브라지우가街는 일하는 곳, 부두는 일요일마다 바람을 쐬는 곳, 가끔 울릴 때마다 어쩐지 마음을 흔드는 것은 화물선 경적 소리, 이따금 달콤하면서도 조금은 고통스러운 것은 수탉의 울음소리. 그 수탉은 '아니'로부터 오고 있었다. 저 높고 무한한 곳에서 온 그것은 그녀의 침대를 타고 올라와 그녀에게 감사하는 마음을 안겨 주었다. 그녀는 거의 일 년 내내 달고 살았던 감기 때문에 얕은 잠을 잤다. 새벽이면 요란한 기침이 발작적으로 터져 나왔다: 그녀는 얇은 베개로 입을 막았다. 하지만 룸메이트들—마리아 다 페냐, 마리아 아파레시다, 마리아 주제, 그리고 그냥 마리아—은 개의치 않았다. 그들은 개성이 없다고 해서 덜 힘들지는 않은 일을 하느라 녹초가 되어 있었던 것이다. 상상하기 어렵겠지만, 그들 중 하나는 코티 분粉을 팔았다. 그들은 뒤척이다가 도로 잠이 들었다. 사실 그녀의 기침은 그들을 더 깊은 잠으로 이끄는 자장가 노릇을 했다. 하늘은 위에 있을까, 아니면 아래에 있을까? 북동부 여자는 그게 궁금했다. 거기 누워 있으면 알 수 없었다. 잠들기 전, 가끔은 배고픔 때문에 소 옆구리 살이 떠올랐고, 그 생각은 아찔한 현기증으로 이어졌다. 그럴 때는 종이를 곤죽이 되도록 씹어 삼키는 수밖에 없었다.

어쨌든. 나는 익숙해지고는 있지만 아직도 마음을 다잡기가 어렵다. 빌어먹을! 나는 사람보다 동물들이 더 편하다. 나는 들판을 자유로이 뛰어다니는 말을 보면 그 벨벳처럼 부드러우면서도 활력 넘치는 목에 얼굴을 대고 내 삶에 관한 이야기를 들려주고 싶어진다. 그리고 내 개의 머리를 쓰다듬을 때마다 이 개가 나에게 논리나 설명을 기대하지 않는다는 걸 알게 된다.

　어쩌면 그 북동부 여자는 이미 결론을 내렸는지도 모른다. 삶이란 지극히 불편한 것이며, 영혼은, 비록 그것이 그녀 자신의 영혼처럼 가느다란 것이라 해도, 육신에 끼워 맞추기 어려운 법이라고. 그녀는 만약 자신이 멋지고 훌륭한 취향을 갖게 된다면 갑자기 공주에서 벌레로 변해 버릴 거라는 미신 같은 두려움을 품고 있었다. 그녀는 아무리 상황이 나빠진다 해도 자신을 빼앗기고 싶진 않았다. 자신이고 싶었다. 그녀는 삶에서 너무 많은 즐거움을 누리면 무서운 형벌을 받게 되거나 심지어 죽을 수도 있다고 생각했다. 그래서 죽음으로부터 스스로를 보호하기 위해 덜 살았다. 생명이 영영 고갈되지 않도록 아주 조금씩 살았다. 그녀는 이렇게 아껴서 산 덕에 약간의 보장을 얻을 수 있었다. 이미 바닥에 다다랐다면 더 떨어질 데는 없을 터였다. 그녀는 자신이 목적 없는 삶을 살고 있다고 느꼈을까? 확실치는 않지만 아닐 것이다. 그녀는 '나는 누구인가?'라는 비극적인 질문을 떠올린 적이 있었다. 그리곤 완전히 겁에 질려 생각 자체를 멈추었다. 하지만 그녀가 될 수 없는 나는 자신이 목적 없는 삶을 산다고 느낀다. 나는 무급 인생이면서 전기세, 가스비, 전화 요금을 지불한다. 그녀로 말할 것 같으면, 가끔, 월급을 타는 날이면 이따금, 장미 한 송이를 샀다.

　이 모든 일들이 한 해 안에 벌어진다. 그리고 나는 지쳐 쓰러질 만큼 애쓴 뒤에야 이 힘든 이야기를 끝낼 것이다. 나는 적당히 내빼는 자가 아니다.

　가끔 그녀는 어렸을 때 여자아이들이 둥그렇게 둘러서서 춤추며 엉터리 음정으로 부르던 노래를 떠올렸다―고모가 바닥을 쓸라고 부르는 바람에 아이들 틈에 끼지 못한 그녀가 듣기만 했던 것. 곱슬머리에 분홍 리본을 맨 아이들. '네 딸 하나를 다오, 마레―마레―데시.7)' '원하는 딸을 골랐네, 마레.' 그 노래는 미치도록 아름답지만 죽음을 면할 수 없는 장미 같은 희미한 유령이었다: 희미하고 죽음을 면할 수 없는 오늘의 그녀는 공도 인형도 갖지 못했던 어린 시절이 낳은 연약하고 섬뜩한 유령이었다. 그래서 그녀는 종종 복도에서 인형을 손에 쥔 채 공을 쫓아 달려가는 모습을 흉내 내며 웃음을 터뜨리곤 했다. 그렇게 터져 나온 웃음소리는 오싹한 공포를 불러 일으켰는데, 왜냐하면 그 웃음은 과거 속에서만 지을 수 있는 것이었기 때문이다. 그녀가 현재로 가져올 수 있는 건 이미 썩어 버린 상상들, 즉 그녀가 가져 볼 수도 있었지만 갖지 못했던 것을 향한 갈망뿐이었다. (나 자신은 지금 아무런 동정심도 드러내지 않고 있지만, 이 이야기가 싸구려 신파라는 건 앞에서 이미 경고한 바 있다.)

그녀가 내 존재를 알지 못하고 있다는 걸 밝혀야겠다. 만일 내 존재를 알았더라면 그녀에게도 기도할 대상이 있었을 테고, 그랬다면 구원을 받을 수도 있었을 것이다. 하지만 나는 그녀를 잘 알고 있다: 나는 이 젊은 인간을 통해 삶은 무서운 것이라고 소리친다. 내가 너무도 사랑하는 이 삶이.

그녀 이야기로 돌아가자: 그녀가 스스로에게 허용한 사치가 하나 있었는데, 바로 잠자리에 들기 전에 식은 커피를 홀짝거리는 것이었다. 그녀는 그 사치의 대가로 잠에서 깰 때는 속 쓰림에 시달렸다.

그녀는 조용했지만(할 말이 없었으니까) 소음을 좋아했다. 소음은 삶이었다. 반면 밤의 정적은 무서웠다: 그것이 치명적인 말을 할 것만 같았다. 밤에는 아크리가를 지나는 차가 드물었는데, 그녀는 경적 소리가 많이 들릴수록 좋았다. 그런 두려움 외에도, 마치 그것들만으론 충분치 않다는 듯이, 그녀는 아랫도리에 무서운 병이 들까 봐 두려워했다. 고모가 가르쳐 준 그

---

7)   프랑스에 기원을 둔 것으로 알려진 이 브라질 동요에는 의미가 정
     확하지 않은 변용된 프랑스어 구절들이 들어 있다.
     marré – marré – deci 도 그중 하나다.

병. 비록 그녀의 작은 난자들은 이미 말라비틀어져 있었지만 말이다. 그녀는 늘 똑같은 삶을 살았기에 밤이 되면 그날 아침에 무슨 일이 있었는지 잘 기억하지 못했다. 그녀는 저 먼 곳에서 아무 말 없이 생각했다: 내가 할 일은 그냥 있는 거야, 나는 그런 사람이니까. 앞에서 언급한 수탉들이 또 다시 고단한 하루가 밝아왔음을 알렸다. 그럼 지금 암탉들은 뭘 하고 있을까? 그녀는 궁금해했다. 수탉은 울기라도 하는데 말이다. 암탉 이야기가 나왔으니 말인데, 그 여자는 가끔 간이식당에서 찐 달걀을 먹었다. 하지만 고모가 달걀은 간에 안 좋다고 가르쳐 주었다. 그녀는 고모의 말에 따라 순순히 병에 걸렸는데, 통증이 느껴진 곳은 간이 있는 곳의 반대편인 왼쪽 배였다. 그건 그녀가 외부의 영향에 쉽게 휘둘리기 때문에 일어난 일이었다. 그녀는 존재하는 만물은 물론, 존재하지 않는 그 모든 것들마저 믿었던 것이다. 하지만 그녀는 현실을 어떻게 꾸며 내야 하는지는 알지 못했다. 그녀의 현실은 믿기 힘든 것이었기 때문이다. 어쨌든 '현실'이라는 말은 그녀에게 아무 의미도 없었다. 그리고 맹세컨대, 그건 나에게도 마찬가지다.

그녀는 잠들 때면 고모가 머리를 때릴 것만 같은 발작적인 두려움에 시달렸다. 그리고 어느 모로 보나

성에 무관심할 것 같은데도 이상하게 섹스를 하는 꿈을 꿨다. 그러다 잠에서 깬 그녀는 까닭 모를 죄책감을 느꼈는데, 그건 어쩌면 좋은 일들은 금지되어야 하기 때문인지도 몰랐다. 죄책감이 들었고 만족스럽기도 했다. 죄책감을 품에 안은 그녀는 만약의 경우에 대비하여 성모송을 세 번 외고 아멘, 아멘, 아멘으로 마무리했다. 그녀는 신 없는 기도를 올렸다. 그녀는 신이 누군지 몰랐으므로 그녀에게는 신이 존재하지 않았다.

그녀에겐 신뿐 아니라 현실 역시 아주 희박하다는 사실을, 나는 이제 막 발견했다. 일상적인 비현실에 더 익숙했던 그녀는 기이이픈 사아아안골 까아앙총 까아앙총 뛰어가는 산토끼처럼 느으으으린 동작으로 살았다. 모호함은 그녀의 현실이었고, 모호함은 자연의 섭리였다.

또한 그녀는 슬픈 게 좋다고 생각했다. 그녀는 겸손하고 단순했기에 불행은 느끼지 않았지만, 종종 자신이 낭만적인 존재라도 되는 양 어떤 미묘한 감정에 젖긴 했다. 물론 그녀는 신경증을 앓았다. 그건 굳이 말할 필요도 없는 사실이다. 놀랍게도, 그녀가 계속 나아갈 수 있도록 만들어 준 것, 적어도 목발이 되어 준 것이 바로 그 신경증이었다. 그녀는 이따금 좋은 동네로 들어가 번쩍거리는 보석들과 새틴으로 만든 옷들이 진

열된 쇼윈도를 들여다보기도 했다―그건 작은 고행이
었다. 그녀는 자신을 발견해야만 했고, 약간의 고통은
자신을 발견하는 방도가 되기도 한다.

그녀는 일요일이면 아무 할 일이 없는 시간을 더
많이 갖기 위해 일쩍 일어났다.

그녀의 삶에서 최악의 순간은 일요일 오후가 끝나
갈 때였다. 그녀는 무미건조한 일요일의 공백 속에서
근심스런 명상에 빠져들었고, 한숨지었고, 어린 시절
을 그리워하며―마니옥[8] 가루―그때는 행복했다고 생각
했다. 이렇듯 최악의 어린 시절도 그리움의 대상이 된
다는 건 끔찍한 일이다. 그녀는 무엇에 대해서도 불평
하는 법이 없었으며, 세상이 원래 그렇다는 걸 알고 있
었다―누가 인간 세상을 만들었을까? 물론 그녀도 언
젠가는 뒤틀린 사람들만 들어갈 수 있는 비뚤어진 자
들의 천국에 갈 수 있게 될 터였다. 하지만 천국에 가는
건 그다지 중요한 문제가 아니었다. 그녀는 여기 지상
에서 뒤틀려 있었다. 나는 그녀를 위해 무엇이든 할 수
있다고 맹세한다. 할 수만 있다면 상황을 더 낫게 만들
어 줄 거라고 약속한다. 나는 잘 알고 있다: 이 타이피
스트의 몸이 구멍으로 가득 차 있다고 말하는 건 그 어
떤 저속한 말보다도 잔인한 표현이다.

(글감으로만 보자면, 살아 있는 개 한 마리가 훨씬 쓸

만하다.)

여기서 나는 한 가지 기쁨에 대해 기록해야만 한
다. 마니옥 가루가 없이 일요일을 보내던 그 여자에게
뜻밖의 행복이 찾아왔는데, 그건 불가사의한 사건이
었다: 부둣가에서 무지개를 본 것이다. 그녀는 가벼운
황홀경에 젖었고, 그러자마자 다른 것도 원하게 되었
다: 그녀는 마세이오에서 딱 한 번 구경했었던 소리 없
는 불꽃놀이를 다시 보고 싶었다. 그렇게 그녀는 더 많
은 것을 원하게 되었다. 당신이 그들에게 하나를 주면
그들은 열을 바라게 되는 법이기 때문이다. 보통의 인
간은 모든 것을 향한 굶주림 속에서 꿈을 꾼다. 그는 아
무런 권리도 없으면서 그 모든 것을 원한다, 그렇지 않
은가? 하늘에서 불꽃을 터뜨리고 반짝거리는 빛의 비
가 내리게 하는 건 적어도 내게는 불가능한 일이다.

그녀가 군인들에게 환장했다는 말을 해야 할까?
사실이었다. 그녀는 군인만 보면 희열에 차서 떨며 이
렇게 생각했다: 저 사람이 나를 죽일까?

그녀가 이 사실을 알았더라면 어땠을까. 내 기쁨

---

8)   브라질의 중요한 식재료 중 하나로 고구마와 비슷한 작물이다. 주로
가루로 만든 뒤 조리해 먹는다.

역시 나의 가슴 속 가장 깊은 곳에 있는 슬픔에서 생겨난다는 것, 그런데 그 슬픔은 불발된 기쁨이라는 것. 그렇다, 그녀는 자신의 신경증 안에서 행복했다. 전쟁 신경증.

그녀는 달마다 한 번 영화를 보러 가는 것 외에도 한 가지 사치를 더 누렸다: 손톱에 저속한 빨강 매니큐어를 칠한 것이다. 하지만 손톱을 생살까지 물어뜯는 버릇 때문에 그 요란한 매니큐어는 금세 벗겨지고 손톱 밑의 검은 때가 드러났다.

그리고 아침에 잠에서 깨면? 그녀는 아침에 깨면 자신이 누구인지 몰랐고, 조금 시간이 지나서야 흡족한 마음으로 이런 생각들을 떠올렸다: 나는 타이피스트고, 처녀고, 코카콜라를 좋아해. 그녀는 이 과정을 거쳐야만 자신이라는 옷을 입을 수 있었고, 그러고 나면 순순히 자신의 역할을 수행하며 하루를 보냈다.

어려운 전문 용어들을 좀 사용했다면 이야기가 풍성해졌을까? 이 이야기는 기교도, 스타일도 없이 근근이 연명하고 있다. 나는 세상을 다 준다고 해도 이 타이피스트의 보잘것없는 삶을 반짝거리는 거짓들로 덧칠하고 싶지 않다. 하루를 보내다 보면, 나는, 사람들이 다 그렇듯, 나 자신도 알아차리지 못하는 행동들을 하게 된다. 그중에서도 가장 자각하기 어려운 행동이 바로 이 이야기를 쓰는 것이다. 이 이야기는 스스로 흘러가고 나는 아무런 죄가 없다. 이 타이피스트는 천국과 지옥 사이에 있는 몽롱한 비구름 위에서 살았다. 그녀는 '나는 나다'라는 생각을 해 본 적이 없었다. 그럴 권리가 있다는 생각조차 못 했을 것이다. 그녀는 하나의 우연이었으니까. 신문지에 싸여 쓰레기통에 버려진 태아. 그런 사람들이 무수히 많을까? 그렇다, 그리고 그들은 우연에 지나지 않는다. 나는 이 점에 대해 생각해 본다: 우연이 아닌 삶을 사는 사람도 있는가. 나로 말할 것 같으면, 글을 씀으로써 그저 하나의 우연한 존재가 되는 상황으로부터 탈출할 수 있었다. 쓰는 것, 그건 하나의 행위이고 행위는 사실이기 때문이다. 나는 글을 쓸 때 내 안의 힘들과 접촉하고, 나 자신을 통해 당신의 신을 발견한다. 나는 왜 쓰는가? 나는 무엇을 아는가? 모르겠다. 그래, 사실이다. 가끔 나는 내가 아니라는 생각이 들고, 마치 내가 머나먼 은하계에 속한 존재인 것 같다는 느낌에 사로잡힌다. 나 자신이 너무 낯설기 때문이다. 나는 자신을 마주하기가 두렵다.

그 북동부 여자는, 앞에서도 말했듯이, 죽음을 믿지 않았다―이렇게 살아 있지 않은가? 그녀는 아버지와 어머니의 이름을 잊었고, 고모도 그들의 이름을 입에 담은 적이 없었다. (나는 문자들을 지나칠 정도로 무심하게 사용하고 있으며, 문자들은 내 안에서 떨고 있다. 나는 질서에서 벗어나 비명이 난무하는 심연 속으로, '자유의 지옥'으로 떨어지게 될까 봐 겁이 난다. 하지만 나를 놓아 달라. 계속 나아가도록.)

계속하자:

그녀는 매일 아침 룸메이트인 마리아 다 페냐에게 빌린 라디오를 켰다. 룸메이트들에게 방해가 안 되도록 볼륨을 최대한 낮추고 '정확한 시간과 교양'을 전하는 '시계 라디오' 채널을 들었다. 음악은 없고 1분에 한 번씩 물방울 떨어지는 소리가 들렸다. 이 방송국의 특징은 그 물방울 떨어지는 소리를 기점으로 광고를 내보낸다는 거였다—그녀는 광고를 좋아했다. 이 채널은 그야말로 완벽했다. 왜냐하면 그 물방울 떨어지는 소리 사이에는 언젠가 그녀에게 필요할 수도 있는 짧은 정보까지 제공되었던 것이다. 샤를마뉴 황제가 본국에서는 카롤루스로 불렸다는 것도 거기서 얻은 지식이었다. 사실, 아직은 이 지식을 써먹을 기회가 없긴 했다. 하지만 사람 일은 모르는 법이며 참는 자에게 복이 온다. 그녀는 제 새끼와 교미하지 않는 동물은 말뿐이라는 정보도 들었다.

"그건 외설적인 내용이네." 그녀가 라디오에 대고 말했다.

그녀는 라디오에서 이런 말도 들었다: "주 예수 그리스도 안에서 회개하라, 그러면 주께서 행복을 주실 것이니." 그녀는 회개했다. 무엇에 대해 회개해야 할지 몰라서 전체적으로 모든 걸 회개했다. 그 설교자는 복수심을 품는 것이 대죄라는 말도 했다. 그래서 그녀는 복수심을 품지 않았다.

그래, 참는 자에게 복이 온다. 정말로?

그녀에게도 이른바 내적 삶이 있었지만, 그녀 자신은 그걸 알지 못했다. 그녀는 마치 자신의 내장을 먹듯 스스로를 집어삼키며 연명했다. 출근할 때의 그녀는 버스 안에서 요란하고 눈부신 몽상에 잠겼고, 덕분에 유순한 미치광이 같아 보였다. 그때 그녀가 떠올린 꿈들의 내부를 살펴 보면 모두 텅 비어 있었으니, 왜냐하면 그 꿈들은 필수적인 핵을, 말하자면 황홀감 같은 것들을 갖지 못했기 때문이었다. 그녀 자신은 깨닫지 못했지만 그녀의 시간 대부분은 성자들의 영혼을 채우고 있는 공허로 이루어져 있었다. 그녀는 성자였을까? 그런 것 같다. 그녀는 자신이 명상을 하고 있다는 걸 알아차리지 못했는데, 그건 명상이라는 말의 의미를 몰랐기 때문이었다. 하지만 내가 보기에 그녀의 삶은 무無에 대한 긴 명상이었던 듯하다. 다만 그녀는 스스로를 믿기 위해 다른 사람들을 필요로 했으니, 그러지 않으면 자기 안에서 아무 탈 없이 줄곧 이어지는 비어 있음에서 헤어나지 못할 터였기 때문이다. 그녀는 타자기를 두드리는 동안에도 명상을 했고 그래서 실수가 더 많았다.

하지만 그녀에겐 즐거움들도 있었다. 그녀는 추운 밤에 얇은 면 시트 속에서 오들오들 떨며 사무실에 굴러다니는 날짜 지난 신문들에서 오려 낸 광고들을 촛불 불빛에 대고 읽는 걸 좋아했다. 그녀는 광고들을 모아 앨범에 붙여서 보관했다. 그중에서 가장 소중한 광고는 그녀가 아닌 여자들의 피부를 위해 만들어진 크림의 뚜껑 열린 통을 찍은 컬러 사진이었다. 그녀는 격렬하게 눈을 깜빡이며(최근에 생긴 치명적인 틱 증상이었다) 침대에 누운 채로 즐거운 상상의 나래를 펼쳤다: 그 크림은 너무도 맛깔스러워 보여서, 그걸 살 돈만 주어진다면 그녀는 바보 같은 짓은 하지 않을 작정이었다. 피부라니 어림도 없지, 그녀는 그걸 먹었을 테고, 그래, 수저로 듬뿍듬뿍 퍼먹었을 터였다. 왜냐하면 지방이 부족했던 그녀의 몸은 반쯤 빈 빵가루 봉지보다 더 건조했기 때문이다. 그녀는 시간이 지나면서 원시적인 형태의 생물체에 지나지 않게 되었다. 어쩌면 그런 변화는 결국 불행과 자기 연민만 불러오게 될 커다란 유혹으로부터 스스로를 보호하기 위해서였을 수도 있었다. (내가 그 여자로 태어났을 수도 있었다는 생각을 할 때마다—안 될 게 뭔가?—몸서리가 난다. 내가 그녀가 아니라는 사실이 어쩐지 비겁한 회피처럼 여겨지고, 앞서 여러 제목 가운데 하나에서 언급했듯이 죄책감이 든다.)

아무튼 미래는 훨씬 나을 것 같았다. 적어도 미래는 현재가 아니라는 이점을 지녔고, 나쁜 일들에는 반드시 좋은 일이 따르는 법이니까. 하지만 그녀에겐 인간적인 불행이 없었다. 그녀 안에는 어떤 싱싱한 꽃이 피어 있었으니까. 비록 어딘가 이상해 보이긴 해도, 그녀는 믿었으니까. 그녀는 그저 하나의 우수한 유기체일 뿐이었다. 그녀는 존재했다. 그게 다였다. 그럼 나는? 나에 대해 알려진 단 한 가지 사실은 숨을 쉰다는 것이다.

그녀가 내면에 품고 있는 건 작은 불길, 꼭 필요한 그 불길뿐이었다: 생명의 숨결. (나는 이 이야기를 쓰면서 작은 지옥을 체험하고 있다. 부디 나병 환자에 대해 묘사할 일은 없기를. 그럼 나도 나병에 걸려 버릴 테니까.) (지금 나는 이미 어렴풋이 예견하고 있는 사건들의 발발을 지연시키는 중일 수도 있다. 그건 저 알라고아스 출신 여자의 스냅 사진을 몇 장 찍어 둬야 하기 때문이다. 이 이야기의 독자가 있다면, 천이 물을 빨아들이듯 그녀를 흡수하기를 바란다. 그녀는 내가 알고 싶어 하지 않았던 진실이다. 누구를 비난해야 할지는 모르겠지만, 누군가는 그 일을 해야만 했다.)

나는 그녀의 생명을 품은 씨앗 속으로 들어감으로써 파라오들의 비밀을 모독하고 있는 건 아닐까? 우리 모두의 삶과 마찬가지로 신성불가침의 비밀을 지닌 저 하나의 삶에 대해 떠벌리고 있는 나는, 결국 사형선고를 받게 될까? 나는 이 여자의 존재에서 황옥 한 알만큼의 반짝임이라도 발견해 내려고 필사적인 노력을 기울이는 중이다. 어쩌면 결국 발견하게 될지도 모른다. 아직은 알 수 없지만 그래도 희망은 있다.

깜빡 잊고 말하지 않았는데, 그 타이피스트는 가끔 음식 생각만 해도 속이 메스꺼워지곤 했다. 어렸을 때 자기가 고양이 튀김을 먹었다는 걸 알고 나서 생긴 증세였다. 영원히 그 충격에서 헤어나지 못한 것이다. 그녀는 식욕을 잃었고 엄청난 허기에 시달리게 되었다. 그녀는 죄를 지은 것만 같았다. 천사 튀김을 먹으며 천사의 날개를 아작아작 씹은 기분이었다. 그녀는 천사들을 믿었고, 그녀가 믿었기에 천사들은 존재했다.

그녀는 절대 레스토랑에서 점심이나 저녁을 먹지 않았다. 그녀는 길모퉁이 간이식당 앞에 서서 먹었다. 그녀는 레스토랑에 들어가는 여자는 프랑스인이며 몸가짐이 헤플 거라는 막연한 생각을 품고 있었다.

그녀에겐 뜻을 알 수 없는 단어들이 있었다. 그중

하나는 efeméride[9]였다. 하이문두 씨가 그 사랑스러운
글씨체로 쓴 다음 그녀에게 타이핑해 달라며 건넨 단
어가 efeméride였는데, 아니면 eféméricas였나? 그녀는
efeméride라는 단어가 굉장히 신비롭다고 생각했다. 그
래서 한 글자 한 글자 신경 써서 타이핑했다. 글로리아
는 속기를 할 수 있어서 돈을 더 많이 벌었을 뿐 아니
라 사장이 무척 애용하는 어려운 단어들을 다룰 때도
아무런 주저함이 없었다. 그러는 동안 우리의 그녀는
efeméride라는 단어와 사랑에 빠졌다.

또 다른 스냅 사진 : 그녀는 선물을 받아 본 적이 없
었다. 게다가 필요한 것도 별로 없었다. 하지만 어느 날
잠깐이나마 탐나는 물건을 보았다 : 문학을 좋아하는
하이문두 씨가 책상에 놓아 둔 책이었다. 제목은 『모욕
당하고 상처받은 사람들』[10]이었다. 그녀는 사색에 잠
겼다. 어쩌면 난생처음 하나의 사회 계층에 속한 자신
을 보았다고 할 수도 있었다. 그녀는 생각하고, 생각하
고, 또 생각했다! 그리고 결론을 내렸다. 내게 상처를
준 사람은 아무도 없으며 모든 일은 세상 이치에 따라

---

9)   포르투갈어로 천체력 또는 기념일이라는 뜻

10)   도스토옙스키의 장편소설 『상처받은 사람들 Unizhennye i
      oskorblennye』이다.

일어난 거라고. 뭘 위해 싸워야 하는지 모르는 나는 아무런 싸움도 할 수 없다고.

나는 묻는다: 그녀도 언젠가 사랑의 이별을 알게 될까? 사랑의 기절할 듯한 황홀함을 알게 될까? 자신만의 방식으로 그 달콤한 여정을 즐기게 될까? 나는 아무것도 모른다. 모든 사람들이 조금은 슬프고 또 조금씩은 외롭다는 진실을 가지고 뭘 할 수 있겠는가? 그 북동부 여자는 군중 속에서 길을 잃었다. 마우아 광장에서, 거기서 버스를 탔다. 날씨는 추웠고 찬바람을 피할 곳이 없었다. 아, 하지만 그녀를 갈망에 젖게 만드는 화물선들이 있었다. 대체 무엇을 향한 갈망이었는지는 알 수 없었지만 말이다. 그런 순간은 가끔씩만 찾아왔다. 그녀는 늘 어둑해진 사무실을 나와 저물녘의 바깥 공기와 마주쳤고, 그 순간이 매일 똑같은 시각이라는 걸 알게 되었다. 완전히 똑같은 시각. 거대한 시계의 움직임은 되돌릴 수 없었다. 그렇다, 똑같은 시각, 그건 내게 절망적인 것이다. 음, 그래서? 그래서, 아니, 아무것도 아니다. 한 인생을 다루는 작가로서, 나는 반복을 다룰 수는 없다: 반복되는 일상은 내가 가닿을 수 있는 새로움으로부터 나를 발라내 버린다.

새로움에 대한 이야기가 나왔으니 말인데, 그녀는 어느 날 길모퉁이 간이식당에서 아주, 아주, 아주 잘생

긴 남자를 보았다―집에 데려가고 싶을 정도로 잘생긴
남자였다. 그럴 수만 있다면, 그건 마치, 마치 보석함
에 든 커다란 에메랄드―에메랄드―에메랄드를 갖는 것
같으리라. 손댈 수 없는 존재. 그녀는 반지를 보고 그가
유부남임을 알았다. 그―그―그냥 감상만 해야 하는 남
자와 어떻게 겨―겨―결혼을 할 수 있지, 그녀는 더듬거
리며 생각했다. 그 남자가 너무 잘생겨서 그녀는 그 앞
에서 음식을 먹는 게 죽도록 부끄러웠다.

하루 누워서 쉬고 싶었던 건 그 때문이었을까? 하
지만 사장에게 갈비뼈가 아프다고 말해 봐야 믿어 주
지 않을 게 뻔했다. 그래서 그녀는 진실보다 설득력 있
는 거짓말을 이용했다: 이를 빼야 하는데 그게 매우 위
험한 일이라 내일 출근할 수 없다고 말한 것이다. 그리
고 그 거짓말은 먹혔다. 가끔은 거짓말만이 구원이 되
어 준다. 그리하여 다음 날 네 명의 지친 마리아가 일하
러 나간 뒤, 그녀는 난생 처음 가장 소중한 걸 누리게
되었다: 고독. 방을 혼자 차지하는 것. 그녀는 그 공간
이 전부 자기 것이라는 사실이 믿기지 않았다. 말 한 마
디 들리지 않았다. 이제 고모가 들을 일은 없었기에, 그
녀는 씩씩하게 춤을 추었다. 빙글빙글 돌며 마음껏 춤
을 추었다. 혼자라는 게 그녀를 자유우우롭게 했으니
까! 그녀는 그 모든 걸 즐겼다. 힘들게 얻어낸 고독, 볼

룸을 한껏 높인 라디오, 마리아들이 없는 넓은 방. 집주인 여자에게 부탁해서 인스턴트커피를 조금 얻은 그녀는 끓인 물까지 얻어 낸 다음, 자신의 모습을 한 순간도 놓치지 않기 위해 거울 앞에 서서 연신 입술을 핥아가며 커피를 마셨다. 자신과의 대면은 그때껏 그녀가 미처 알지 못했던 좋은 일이었다. 그녀는 생각했다, 난 평생 이렇게 행복했던 적이 없어. 그녀는 아무에게도 빚진 게 없었고 그녀에게 빚진 사람도 없었다. 그녀는 스스로에게 권태라는 사치까지 허용했다. 평소의 그것과는 완전히 다른 권태.

남에게 부탁을 할 줄 아는 재능, 나는 내가 미처 예상치 못했던 그녀의 이 재능을 완전히 신뢰하지 못한다. 혹시 그녀가 매력을 발휘하려면 특별한 조건이 필요한 걸까? 어째서 그녀는 늘 이런 식으로 행동하며 살아오지 않았을까? 심지어 거울 속에 있는 그녀 자신을 쳐다보는 일조차 그다지 무섭지 않았다: 그녀는 행복했지만, 어째서 그 행복은 마음을 아프게 했을까.

"아, 5월이여, 다시는 나를 떠나지 마!" (폭발) 이튿날인 5월 7일, 그녀는 남몰래 탄성을 올렸다. 탄성이라곤 모르고 살았던 그녀가. 아마도 그건 마침내 그녀에게 무언가가 주어졌기 때문이었을 것이다. 그녀 자신이 준 거긴 했지만, 어쨌든 주어진 건 사실이었다.

5월 7일 아침, 그녀의 작고 가녀린 몸이 뜻밖의 황홀경에 휩싸였다. 눈부시게 활짝 펼쳐진 거리의 빛이 그녀의 불투명함을 뚫고 지나간 것이다. 5월, 신부의 새하얀 면사포가 나부끼는 달.

　　다음에 이어질 내용은 내가 이미 세 페이지 분량으로 써 놓은 글을 다시 쓴 것이다. 그 원고가 아무렇게나 굴러다니는 걸 본 내 요리사가 멋대로 내다버리는 절망적인 사태가 일어났기 때문이다. 망자들이여, 내가 거의 참을 수 없는 걸 참을 수 있도록 도와 달라. 산자들은 나에게 별 도움이 안 되니까. 지금부터 내가 쓰는 글은 그녀와 장차 그녀의 연인이 될 남자의 만남에 대해 원래 써 놓았던 원고에 비하면 어설픈 흉내에 불과할 것이다. 나는 겸허한 마음으로 그 이야기를 이야기하려 한다. 하지만 만일 누군가가 그 일이 어떻게 그렇게 되었냐고 묻는다면 나는 이렇게 말할 것이다: 모르겠네요. 나는 그 만남을 놓쳤으니까.

　　5월, 하얀 면사포를 쓰고 나풀나풀 날아가는 나비 신부들의 달. 그녀의 탄성은 그날 오후가 끝나 갈 무렵에 일어난 일에 대한 전조였는지도 모른다: 쏟아지는 폭우 속에서 그녀는 (폭발) 난생처음 남자 친구라고 부를 수 있는 존재를 만났고, 그녀의 심장은 파닥거리는 작은 새 한 마리를 삼키기라도 한 듯 마구 뛰었다. 그녀와 그 남자는 빗속에서 서로를 보았고, 상대가 북동부 출신임을, 냄새로 구분해 낼 수 있는 같은 종의 생물체임을 알아보았다. 그는 두 손으로 젖은 얼굴을 훔치며 그녀를 바라보았다. 그리고 여자, 그녀의 응시는 그를 순식간에 치즈를 넣은 구아바 젤리로 탈바꿈시키기에 충분했다.

그는……

그는 그녀에게 다가와, 그녀의 마음을 뒤흔드는 단조로운 북동부 목소리로 물었다.

"아가씨, 실례지만, 같이 걸어도 될까요?"

"예", 그녀는 혼란스러웠지만 그의 마음이 바뀌기 전에 서둘러 대답했다.

"허락해 주신다면, 이름을 물어봐도 될까요, 작은 아가씨?"
"마카베아."
"마카 뭐라고요?"

"베아", 그녀가 마저 말했다.

"미안하지만 무슨 병 이름처럼 들리네요. 피부병."

"이 이야기도 이상하게 들리시겠지만, 제 이름은 어머니께서 '선한 죽음의 성모님'께 드린 약속을 지키기 위해 지어 주신 거예요. 저는 한 살이 될 때까지 이름이 없었고, 어머니는 제가 죽지 않고 살아남으면 이 이름을 붙이겠다고 성모님께 약속했어요. 아무도 가지지 않는 이름을 갖느니 차라리 이름이 없는 편이 나았을 것 같긴 하지만, 그래도 효과는 있었던 것 같아요.-그녀는 잠시 말을 끊고 숨을 고른 뒤 의기소침하고 겸손하게 덧붙였다-보시다시피, 이렇게 살아남았으니까요…….어쨌든……."

"파라이바 오지에서도 약속을 지키는 건 명예가 달린 중요한 문제죠."

그들은 산책하는 법을 몰랐다. 그들은 폭우를 헤치고 걷다가 쇼윈도에 파이프, 깡통, 커다란 볼트와 못 들이 진열된 철물점 앞에 멈춰 섰다. 그리고 마카베아는, 침묵에 헤어짐이라는 의미가 담겨 있을까 봐 두려웠던 그녀는, 새 남자 친구에게 말을 걸었다.

"전 볼트와 못이 좋은데, 당신은 어떤가요?"

그들이 두 번째 만난 날은 가랑비가 내려서 옷이 흠뻑 젖었다. 그들은 손도 잡지 않고 빗속을 걸었고, 빗물은 꼭 눈물처럼 마카베아의 얼굴을 타고 흘러내렸다.

세 번째 만났을 때─이때 역시 비가 오고 있었다는 걸 알겠는가?─그 남자는 짜증이 났고, 그의 의붓아버지가 그에게 애써 가르쳐 준 예의라는 얇은 보호막은 벗겨지고 말았다.

"당신은 비만 몰고 다니네요!"
"미안해요."

하지만 그녀는 이미 그를 너무도 사랑해서 그 없인 살 수가 없었다. 그녀는 필사적으로 그를 사랑했다.

그러다 한번은 마침내 그의 이름을 물었다.

"올림피쿠 지 제수스 모레이라 샤베스." 그는 거짓말을 했다. 원래 그의 성은 지 제수스까지가 끝이었는데, 그 성은 아버지가 없는 아이들에게 붙여지는 것이었기 때문이다. 그는 의붓아버지 밑에서 자라면서 사람들을 이용하고 여자들을 꼬드기는 데 필요한 처세술을 배웠다.

"당신 이름이 무슨 뜻인지 모르겠어요." 그녀가 말했다. "올림피쿠?"

마카베아는 자신의 이해력이 떨어진다는 사실을 감추기 위해 호기심이 무척 강한 것처럼 굴었다. 하지만 작은 싸움닭 같았던 그는 자신도 답을 모르는 그 멍청한 질문에 발끈했다. 그는 화난 목소리로 대꾸했다.

"난 알지만 말해 주기 싫어요!"
"괜찮아요, 괜찮아요, 괜찮아요……. 우린 우리의 이름이 무슨 뜻인지 알 필요가 없으니까요."

그녀는 욕망이란 게 무엇인지 알고 있었다—그걸 안다는 사실을 모르긴 했지만 말이다. 이런 식이었다: 그녀의 굶주림은 음식을 원하는 게 아니었다. 고통스러운 맛의 일종이었던 그것은 그녀의 뱃속 깊은 구덩이에서 솟아올라 그녀의 젖꼭지를 파르르 떨리게 했고, 아무것도 껴안을 수 없게 만들어 그녀의 품을 텅 비워 버렸다. 그녀는 그 모든 극적인 아픔과 살아 있는 아픔을 얻었다. 그녀의 신경이 약간이나마 곤두설 때는 그런 순간이었고, 그러면 글로리아가 설탕을 탄 물을 갖다주었다.

올림피쿠 지 제수스는 금속 공장에서 일했는데, 그녀는 그가 사실은 '직공'이면서 '금속공학자' 행세를 한다는 것조차 눈치채지 못했다. 최저 임금조차 받지 못했는데도 자신이 타이피스트라는 사실에 뿌듯해했던 그녀는 마찬가지 이유로 그의 사회적 지위에 만족했다. 그녀와 올림피쿠는 어엿한 사회인이었던 것이다. '금속공학자와 타이피스트'는 멋진 커플이었다. 올림피쿠가 하는 작업은 담배를 피울 때 필터 쪽에 불을 붙여 거꾸로 빠는 것과 같은 맛을 지니고 있었다. 그는 기계 위쪽으로 나오는 금속 막대들을 밑에 있는 컨베이어벨트로 옮기는 일을 했고, 그러면서도 금속 막대들을 거기왜 내려놓는지 궁금해한 적은 한 번도 없었다. 그의 삶은 그리 나쁘지 않았고, 돈도 약간 모을 수 있었다: 그는 친구가 경비원으로 일하는 철거 지역 관리실에서 공짜로 기거했다.

마카베아가 말했다.

"예절이 최고의 유산이야."

"돈이 최고 유산이지. 난 앞으로 큰 부자가 될 거야." 악마 같은 위엄을 지닌 그가 말했다: 그에게서는 힘이 넘쳐흘렀다.

그가 되고 싶었던 건 투우사였다. 한번은 영화관에 갔다가 투우사의 빨강 망토를 보고 머리끝부터 발끝까지 전율이 흘렀다. 그는 싸움소가 불쌍하지 않았다. 피를 보는 게 좋았다.

　　그는 북동부에 있을 때 몇 주 동안 돈을 모아 멀쩡한 이를 뽑고 번쩍이는 금니를 박아 넣었다. 이 금니가 그에게 하나의 지위를 부여했다. 게다가, 살인이 그를 진짜 사나이로 만들어 주었다. 수치를 몰랐던 올림피쿠는 북동부 사람들이 망나니라고 부르는 부류의 인물이었다. 하지만 그는 자신이 예술가라는 건 알지 못했다: 그는 쉬는 시간에 성상들을 조각했는데, 그 조각상들이 너무도 아름다워서 팔지 않았다. 조각할 때면 모든 세부를 살렸던 그는 외람되게도 아기 예수의 몸에 달린 모든 걸 구현하기도 했다. 그는 있는 그대로의 진실은 있는 그대로의 진실이며, 예수는 성자였던 동시에 자신과 같은 인간ー비록 금니는 없었지만ー이었다고 생각했다.

　　올림피쿠는 사회 문제에 관심이 많았다. 그는 연설 듣는 걸 좋아했다. 물론 그에게도 나름의 의견이 있다는 건 의심할 바 없는 사실이었다. 그는 손에 싸구려 담배를 들고 쭈그려 앉아서 생각했다. 파라이바에 살 때 그랬던 것처럼, 아무것도 없는 바닥에 쪼그리고 앉은 채 명상에 잠긴 것이다. 그는 혼잣말로 크게 말했다.

"나는 아주 똑똑해, 나중에 국회의원이 될 거야."

그가 웅변을 잘한다는 걸 부정할 사람이 있을까? 그는 입만 열면 인권 타령을 하는 정치가에게 어울릴 법한 단조로운 어조를 가진 달변가였다. 내가 이 이야기에 담지 않을 미래에, 결국 그는 국회의원이 될까, 아니면 되지 못할까? 그는 다른 사람들에게 자신을 박사라고 부르게 할까?

올림피쿠 지 제수스는 스스로를 어떤 문이든 열 수 있는 능력자로 생각했지만, 마카베아는 옛 시대의 사람이었다. 마카베아는 기교를 몰랐고 있는 그대로의 그녀로 살았다. 아니, 나는 감상에 젖고 싶지 않으므로 이 여자의 내부에 있는 애처로움을 외면하려 한다. 하지만 마카베아가 평생 편지 한 통 받아본 적이 없고, 사무실의 전화는 사장과 글로리아를 위해서만 울렸다는 사실만큼은 말하지 않을 수 없다. 그녀는 올림피쿠에게 사무실로 전화를 걸어 달라고 부탁한 적이 있었다. 그는 이렇게 대꾸했다.

"전화해서 네 헛소리나 들으라고?"

올림피쿠가 그녀에게 나중에 파라이바주 국회의원이
되겠다고 말했을 때, 그녀는 놀라서 입을 딱 벌리며 이
렇게 생각했다: 우리가 결혼하면 난 국회의원 부인이
되는 거야? 그녀는 국회의원 부인이라는 말이 싫어서
그렇게 되고 싶지 않았다. (앞에서도 말했듯, 이건 생각들
에 관한 이야기가 아니다. 아마 나중에 이름 없는 감정들
에 대해 다룰 텐데, 거기에는 신에 대한 감정까지도 포함돼 있
을 것이다. 하지만 지금은 마카베아의 이야기를 해야만 한다.
그러지 않으면 나는 터져 버릴 것이다.)

그 커플은 어쩌다 대화를 나누게 되면 마니옥 가
루, 소고기 육포, 흑설탕, 당밀 이야기를 했다. 두 사람
다 그런 것들에 얽힌 과거를 갖고 있었고, 그러면서도
어린 시절의 쓰라린 고통만큼은 잊었기 때문이다. 지
나간 어린 시절은 늘 씁쓸하면서도 달콤하게 느껴지고,
심지어 향수를 불러일으키기까지 하는 법이니까. 그들
은 남매라고 보아도 무방했는데, 그건―나는 이제야 그
걸 깨달았다―그들이 결혼은 하지 않을 거라는 뜻이었
다. 하지만 그들 자신도 그걸 알고 있었는지는 모르겠
다. 그들은 결혼하게 될까? 나도 아직 모른다. 내가 아
는 건 그들이 순수했고 땅에 거의 그림자를 드리우지
않았다는 사실뿐이다.

아니, 그건 거짓말이다. 지금 내게는 모든 게 보인

다: 올림피쿠는 세상의 희생자에 속하긴 했지만 전혀 순수하지 않았다. 나도 방금 깨달았는데, 그는 단단한 악의 씨앗을 품고 있었다. 그는 복수하는 걸 좋아했으니, 복수는 그의 커다란 즐거움이자 삶의 힘이었다. 그는 수호천사를 갖지 못한 그녀보다 더 강한 생명을 갖고 있었다.

어쨌든 일어날 일은 일어나게 마련이다. 한동안은 아무 일도 일어나지 않았고, 그 둘은 일이 일어나도록 꾸미는 법을 알지 못했다. 그들은 돈이 들지 않는 공원 벤치에 앉았다. 거기 앉아 있으면 그들은 다른 아무것도 아닌 존재들과 아무것도 다를 게 없었다. 신의 크나큰 영광을 위하여.

그   : 아무튼.

그녀: 아무튼 뭐?

그   : 그냥 아무튼!

그녀: 그래도 '아무튼' 뭐?

그   : 다른 얘기 하자. 네가 말귀를 못 알아먹으니까.

그녀: 무슨 말귀?

그   : 맙소사, 마카베아, 다른 얘기 하자니까!

그녀: 무슨 얘기?

그　：　예를 들면, 네 얘기.

그녀:　나?!

그　：　왜 그래? 넌 사람 아냐? 사람은 다 사람 얘
　　　기를 해.

그녀:　미안하지만 난 진짜 사람이 아닌 것 같아.

그　：　사람은 다 사람이야, 젠장!

그녀:　그게 익숙해지지가 않아.

그　：　뭐가 익숙해지지가 않아?

그녀:　아, 설명 못 하겠어.

그　：　그래서?

그녀:　그래서 뭐?

그　：　야, 나 그냥 갈게, 넌 완전 말도 안 되는 인
　　　간이니까!

그녀:　그런데 내가 아는 건 말도 안 되는 사람이
　　　되는 방법뿐이야. 말이 되는 사람이 되려
　　　면 어떻게 해야 해?

그　：　아무 말도 하지 마. 헛소리만 늘어놓잖아!
　　　뭐든 네가 하고 싶은 말을 하라는 거야.

그녀:　난 무슨 말을 해야 할지 모르겠어.

그　：　뭘 모른다고?

그녀:　응?

그　：　야, 내가 속이 터져서 한숨만 나온다. 우리

아무 말도 하지 말자, 알았어?

그녀: 그래, 좋아, 너 하고 싶은 대로 하자.

그 : 그래, 넌 답이 없어. 나로 말할 것 같으면,
      사람들이 내 이름을 하도 많이 불러서 내
      가 된 거야. 파라이바 촌구석에서는 올림
      피쿠를 모르는 사람이 없다고. 언젠가는
      내 이름이 온 세상에 알려질 거야.

그녀: 진짜?

그 : 그렇다니까! 내 말 못 믿어?

그녀: 물론 믿지, 믿어, 믿어, 믿어. 난 네 기분을
      상하게 만들고 싶지 않아.

그녀는 어렸을 때 분홍색과 흰색으로 칠한 집을 본 적
이 있었는데, 그 집 마당에는 우물이 있었다. 우물 속을
들여다보는 건 무척 좋은 일이었다. 그래서 그녀의 꿈
은 이랬다: 자신만을 위한 우물을 갖기. 하지만 그 꿈을
이룰 방법을 몰랐던 그녀는 올림피쿠에게 물었다.

  "넌 구덩이도 살 수 있어?"
  "야, 넌 네가 답 없는 질문만 한다는 걸 아예 모르는
   거야?"

그녀는 슬픈 비둘기처럼 머리를 어깨 쪽으로 기울였다.

한번은 그가 부자가 되는 것에 대해 이야기하던 중에 그녀가 물었다.

"그건 그냥 환상일 수도 있지 않아?"
"지옥에나 가 버려, 넌 의심밖에 할 줄 몰라. 네가 처녀니까 그나마 욕은 안 하는 거야."
"너무 걱정하지 마. 걱정을 많이 하면 위를 버린대."
"걱정은 무슨, 난 세상을 다 정복할 몸인데. 그럼 넌, 걱정거리가 있어?"
"아니, 하나도 없어. 난 정복이라는 걸 할 필요가 없다고 생각해."

그녀가 올림피쿠 지 제수스에게 자기 이야기를 한 건 그때가 처음이자 마지막이었다. 그녀는 자신에 관한 것은 잊어버리는 습관을 갖고 있었다. 그녀는 절대로 자신의 습관을 깨지 않았고 창조를 두려워했다.

"시계 라디오'에서 들은 건데, 『이상한 나라의 앨리스』라는 책을 쓴 사람은 수학자이기도 했대. '대수학'에 대한 이야기도 하던데, 대수학이 무슨 뜻이야?"

"그런 건 호모들이나 아는 거야. 여자가 되는 남자들. 호모라는 말 써서 미안해. 정숙한 여자한테 쓰면 안 되는 나쁜 말인데."

"그 방송은 '교양'을 알려 줘. 어려운 말들도 많이 쓰고. 예를 들면: '전자'가 무슨 뜻인지 알아?"

침묵.

"아는데 말해 주기 싫어."

"난 시간을 알리는 물방울 소리가 듣기 좋아: 똑-똑-똑-똑. 시계 라디오는 정확한 시간과 교양과 광고를 전한대. 교양이 무슨 뜻이야?"

"교양은 교양이지." 그가 계속해서 골을 부렸다. "넌 날 궁지로 모는 걸 좋아해."

"내가 모르는 게 너무 많아서 그래. '1인당 소득'은 무슨 뜻이야?"

"아, 그건 쉽지. 의사들이 쓰는 거야."

"'봉평 백작街'는 무슨 뜻이야? 백작이 뭐야? 왕자야?"

"어이구, 백작은 백작이지. 난 손목시계가 있어서

정확한 시간 같은 건 필요 없어."

그는 공장 화장실에서 그 시계를 훔쳤다는 말은 하지
않았다. 그가 화장실에서 손을 씻고 있을 때 다른 직공
이 세면대 옆에 시계를 두고 나갔던 것이다. 그는 도둑
질의 귀재였기에 아무도 알아채지 못했다: 그는 직장
에서는 절대 그 시계를 차지 않았다.

  "내가 또 뭘 배웠는지 알아? 살아 있는 걸 기뻐해야
   한대. 그래서 나도 기뻐. 아름다운 노래도 들었는
   데, 울기까지 했어."
  "삼바 노래야?"
  "그런 것 같아. 카루소라는 사람이 불렀는데 이미
   죽은 사람이래. 목소리가 너무 부드러워서 듣기만
   해도 가슴이 아프고 그래. 노래 제목이 '우나 푸르
   티바 라크리마[11]'래. 왜 '라그리마[12]'라고 안 그랬
   는지 모르겠어."

---

11)   Una furtiva lacrima. 이탈리아어로 '남 몰래 흐르는 눈물'이라는 뜻
      으로, 오페라 《사랑의 묘약》에서 가장 유명한 아리아의 제목이다.
12)   lágrima. 포르투갈어로 눈물을 뜻하는 단어로, 같은 뜻의 이탈리아어
      라크리마와 발음이 비슷하다.

〈우나 푸르티바 라크리마〉는 그녀의 인생에서 단 하나
뿐인 진실로 아름다운 것이었다. 그녀는 눈물을 닦아
내며 라디오로 들은 노래를 불러 보았다. 하지만 그녀
의 목소리는 그녀 자신처럼 조잡한 데다 음정도 맞지
않았다. 그녀는 그 노래를 듣고 울기 시작했다. 그건 그
녀의 첫 울음이었고, 그때 그녀는 자기 눈 속에 물이 그
렇게나 많다는 사실을 처음으로 알게 되었다. 그녀는
울다가, 무엇 때문에 우는지 잊고서 코를 풀었다. 그녀
가 운 건 자신이 살아온 삶 때문은 아니었다: 다른 삶
은 살아 본 적이 없었던 그녀는 자기 삶이 원래부터 그
런 거라고 받아들여 왔다. 내 생각에는, 그녀가 운 건
음악 속에 있는 것들을 감지했기 때문이었다. 다른 방
식으로 다가오는 감정들과 더욱 섬세하고 우아한 삶들,
심지어 영혼의 사치라 부를 만한 것들마저도. 그렇게
그녀는 대체 어떻게 이해해야 할지조차 알 수 없는 많
은 것들이 존재한다는 걸 알게 되었다. '귀족'은 은총을
받았다는 뜻일까? 아마도. 만일 그런 거라면 그래야 마
땅해서 그런 거겠지. 그녀는 이해를 필요로 하지 않는
광활한 음악의 세계 속으로 뛰어들었다. 심장이 멎을
듯했다. 올림피쿠와 함께였던 그녀는 갑자기 용기가
솟아서 자신의 밝혀지지 않은 부분 속으로 풍덩 뛰어들
었다.

"난 그 노래도 부를 수 있을 것 같아. 라-라-라-
　라-라."
"벙어리가 노래하는 거 같네. 목소리가 무슨 쪼개
　진 작대기 같아."
"태어나서 처음 노래하는 거라 그럴 거야."

그녀는 '라그리마'를 '라크리마'라고 한 건 라디오 속 남
자의 실수이리라 여겼다. 다른 언어가 존재한다는 생
각조차 하지 못했던 그녀는 브라질에서는 브라질 말만
한다고 믿었다. 일요일의 화물선을 제외하면, 이 노래
는 그녀가 가진 전부였다. 이 노래의 토대를 이루는 배
경 선율은 그녀의 유일한 떨림이었다.
　　그들은 긴장된 관계를 이어 갔다. 그가 말했다.

"어머니가 천국에 가신 뒤로 난 파라이바에 남아
　있을 이유가 없었어."
"어머니는 어떻게 돌아가셨어?"
"별 건 없고 명이 다한 거지."

그는 늘 거창하게 말했고, 그와 반대로 그녀는 자신처
럼 하찮은 것들에게만 주의를 기울였다. 그녀가 똑같
이 생긴 노동 계급 주택들이 늘어선 어느 골목 입구에

매달려 있는 철문을 눈여겨본 것도 그런 이유에서였다. 그것은 녹슬고, 칠이 벗겨지고, 뒤틀린 채 삐걱이고 있었다. 그녀는 버스 안에서 그 문을 바라보았다. 그 골목은 106번지라는 주소뿐 아니라 거리 이름이 쓰인 명판도 갖고 있었다. 그 이름은 '해돋이'였다. 좋은 일들의 징조가 되는 예쁜 이름.

그녀는 올림피쿠가 아는 게 많다고 생각했다. 그녀가 들어 본 적도 없는 것들에 대해 떠들어 댔기 때문이었다. 한번은 이런 말도 했다.

"얼굴이 몸보다 더 중요한 게, 무슨 생각을 하고 있는지 얼굴에 다 나타나거든. 넌 먹기 싫은 걸 먹은 사람 얼굴이야. 난 슬픈 얼굴 싫으니까―그는 여기서 어려운 말을 썼다―그 '형색' 좀 바꿔."

그녀는 몹시 혼란스러워하며 대답했다.

"난 이 얼굴밖에 없어. 하지만 난 얼굴만 슬픈 거야. 속으로는 사실 행복하거든. 살아 있다는 건 너무 좋은 거야, 안 그래?"

"그렇지! 하지만 잘 산다는 건 특권층한테만 해당되는 말이거든. 나도 특권층이야. 겉보기엔 작고 말랐지만 힘이 엄청 세거든. 널 한 팔로 들 수도 있어. 볼래?"

"아니, 아니, 사람들이 봐. 사람들이 욕할 거야!"
"너 같은 여자는 아무도 안 봐."

그들은 길모퉁이로 걸어갔다. 마카베아는 무척 행복했다. 그가 진짜로 그녀를 머리 위로 번쩍 들어 올렸던 것이다. 그녀는 행복에 취한 채 말했다.

"비행기 타면 이런 기분이 들 거야."

맞는 말이었다. 하지만 갑자기 그의 팔이 그녀의 무게를 버티지 못하는 바람에 그녀는 진창에 코를 박고 말았다. 그녀는 코피가 났지만 예의를 잃지 않고 얼른 말했다.

"걱정 마. 살짝 떨어진 거니까."

진흙과 피를 닦을 손수건이 없었던 그녀는 치마로 얼굴을 닦으며 말했다.

"부탁인데, 내가 얼굴 닦는 동안 보지 말아 줘. 원래 치마를 올리면 안 되는 거잖아."

하지만 그는 갑자기 부루퉁해져서는 아무 말도 하지 않았다. 그는 며칠 동안 그녀 앞에 나타나지 않았다: 그의 남자다움이 상처를 입었던 것이다.

결국 그는 다시 찾아왔다. 그들은 서로 다른 이유로 정육점에 갔다. 그녀에게 생고기 냄새는 향기와 같아, 코로 그 냄새를 맡기만 해도 그 고기를 실제로 먹은 것처럼 기운이 솟았다. 반면에 그가 보려 했던 것은 푸주한과 날카로운 칼이었다. 그는 푸주한을 부러워했고 자신도 그런 일을 하고 싶었다. 고기에 칼을 박는 행위는 그를 흥분시켰다. 두 사람은 만족한 채 정육점을 나섰다. 그녀는 고기에서는 무슨 맛이 날지 궁금해했고, 그는 어떻게 해야 푸주한이 될 수 있는지 궁금해했다. 비결이 있을까? (글로리아의 아버지가 으리으리한 정육점에서 일하고 있었다.) 그녀가 말했다.

"난 죽으면 내가 몹시 그리울 거야."
"개소리 마, 죽으면 그걸로 끝이야."
"고모가 안 그렇다고 했어."
"고모 얘기 집어치워."
"내가 세상에서 제일 원하는 게 뭔지 알아? 스타 배우가 되는 거야. 난 월급날에만 영화를 보러 가. 주로 작은 영화관이야. 거기가 싸니까. 난 스타 배

우들이 좋아. 마릴린 먼로는 온통 분홍빛이라는
거 알아?"

"넌 완전 흙빛이잖아. 스타 배우가 될 만한 얼굴이
나 몸이 없어."

"정말 그렇게 생각해?"

"네 얼굴에 그렇다고 씌어 있어서."

"난 영화에서 피를 보는 건 싫어. 있잖아, 난 진짜
로 토할 것 같아서 피는 못 봐."

"토하거나 울거나?"

"다행히 아직까지는 토한 적 없어."

"그래, 이 암소는 젖이 안 나오지."

생각한다는 건 무척 어려운 일이어서, 그녀는 생각이
란 걸 어떻게 하는지도 몰랐다. 하지만 올림피쿠는 생
각을 할 뿐 아니라 멋진 말들도 쓸 줄 알았다. 그녀는
그를 처음 만났을 때 그가 자신을 '아가씨'라고 불렀던
걸 잊을 수 없었다. 그는 그녀를 특별한 사람으로 만들
었다. 특별한 사람이 된 그녀는 분홍색 립스틱까지 샀
다. 그녀의 대화는 늘 비어 있었다. 그녀는 자신이 진정
한 말을 사용한 적이 없음을 어렴풋이 알고 있었다. '사
랑'만 해도, 그녀는 그것을 사랑이라고 부르지 않고 '나
는-뭔지-모르겠는-것'이라고 불렀다.

"봐봐, 마카베아……."

"뭘 봐?"

"아니, 세상에, '봐봐'는 뭘 보라는 게 아니라 사람
말을 들으라는 거잖아! 지금 내 말 듣고 있어?"

"다 듣고 있어, 다!"

"다 듣긴 뭘 다 들어, 난 아직 아무 말도 안 했는데!
어쨌든, 봐봐, 내가 커피 한 잔 살까 해서. 마시고
싶어?"

"우유 넣어도 돼?"

"값은 똑같아. 돈 더 내라고 하면 네가 내고."

마카베아는 올림피쿠에게 한 푼도 쓰게 한 적이 없었
다. 그러다 처음으로 그가 우유를 넣은 커피를 사 준 것
이다. 그녀는 커피에 설탕을 잔뜩 타는 바람에 거의 토
할 뻔했지만, 간신히 참아서 망신을 면할 수 있었다. 그
녀가 설탕을 많이 넣은 건 본전을 뽑기 위해서였다.

　한번은 둘이 동물원에 갔는데, 그녀는 자기 입장
권을 자기 돈으로 샀다. 그녀는 동물들을 보고 충격을
받았다. 그녀는 겁이 났고, 동물들을 이해할 수가 없었
다: 애들은 왜 사는 거지? 그녀는 시커멓고 육중한 코
뿔소가 느릿느릿 움직이는 걸 보고 겁이 나서 오줌을
지리고 말았다. 그녀에겐 코뿔소가 신의 실수처럼 보

였다(부디 나를 용서해 주기를, 그래 줄 거지?). 하지만 표현이 그렇다는 것일 뿐, 그때 그녀가 정말로 어떤 신을 떠올린 건 아니었다. 그 어느 신의 은총 덕분에, 올림피쿠는 그녀가 오줌을 지린 걸 눈치채지 못했다. 그녀는 이렇게 둘러댔다.

"젖은 벤치에 앉았더니 바지가 젖었어."

그는 그 말을 곧이들었다. 그녀는 반사적으로 감사 기도를 올렸다. 그건 정말로 신에게 감사를 드리기 위한 게 아니었고, 그저 어릴 때 몸에 밴 습관이 되풀이된 것뿐이었다.

"기린은 참 우아해, 그렇지?"
"웃기시네, 동물이 우아하긴 뭐가 우아해."

그녀는 저 하늘 높은 곳을 서성이는 기린이 부러웠다. 올림피쿠가 동물 이야기를 좋아하지 않는다는 걸 알게 된 그녀는 다른 화제를 꺼냈다.

"시계 라디오에서는 좀 이상한 말을 써 : 의태."

올림피쿠가 경계 어린 눈빛으로 쳐다보았다.

　"그게 처녀가 할 말이야? 그리고 아는 게 많아 봐야
　무슨 소용이야? 망기는 질문이 너무 많은 여자애
　들로 아주 꽉 차 있지."
　"망기가 동네 이름이야?"
　"나쁜 동네야. 남자들만 가는 곳. 내가 하나 알려
　줄게. 어차피 넌 이해 못하겠지만: 거기선 아직도
　여자를 싼값에 살 수 있어. 너한테도 돈은 많이 안
　들었지. 커피 한 잔 값밖에. 난 너한테 한 푼도 더
　안 쓸 거야, 알았어?"

그녀는 생각했다: 난 바지에 오줌을 쌌으니 그에게 뭘
사 달라고 할 자격이 없어.
　동물원에 비가 내린 후, 올림피쿠는 달라졌다: 그
는 성질을 부리기 시작했다. 그 자신도 여느 남자들처
럼 말수가 적다는 사실을 알아차리지 못했던 그는 그녀
에게 이렇게 말했다.

　"제발 좀! 넌 도대체 아가리를 벌리고 말을 하질 않
　잖아!"

그녀는 충격에 휩싸인 채 말했다.

"있잖아, 샤를마뉴 황제는 자기 나라에서는 카롤
루스라고 불렸대! 파리는 엄청 빨리 날아서 직선
으로 날면 28일 만에 지구를 한 바퀴 돌 수 있다는
거 알아?"
"그건 거짓말이야!"
"아니 거짓말 아냐, 내 순결한 영혼에 걸고 맹세하
는데 시계 라디오에서 들은 거야!"
"네 말 안 믿어."
"내 말이 거짓말이라면 지금 이 자리에서 죽어도
좋아. 내가 사기 치는 거라면 우리 아버지 어머니
가 지옥에 떨어져도 좋아."
"그럼 지금 죽겠네. 너 말야, 멍청한 척하는 거야,
아니면 진짜 멍청한 거야?"
"난 내가 어떤 사람인지 모르겠어, 내 생각엔 난
좀…… 뭐지? ……난 내가 어떤지 모르겠어."
"그래도 네 이름이 마카베아인 건 알지?"
"맞아. 하지만 내 이름 안에 뭐가 있는지 모르겠어.
내가 아는 건 난 중요한 사람이었던 적이 없다는
것……."
"내 말 잘 들어 둬, 내 이름은 신문에 도배되고 나를 모르는 사람이 없게 될 거야."

그녀가 올림피쿠에게 말했다.

　"우리 동네에 노래하는 수탉 있는 거 알아?"
　"왜 그렇게 거짓말을 많이 해?"
　"우리 어머니 목숨을 걸고 맹세하는데, 그건 거짓
　　말이 아냐!"
　"너네 엄마 돌아가신 거 아니었어?"
　"아, 그건 그래……. 네가 그 점을 어떻게 생각할
　　지……."

(그럼 나는 어떤가? 나 자신이나 내가 아는 사람이 겪은 일
이 아닌, 이 이야기를 하고 있는 나는 어떤가? 나는 내가 진
실을 너무 잘 알고 있다는 사실에 놀랐다. 아무도 보고 싶어
하지 않는 진실을 몸소 밝혀내는 게 내게 주어진 고통스러운
사명일까? 만약 내가 마카베아에 관한 거의 모든 걸 이미 알
고 있는 거라면, 그건 내가 이 누렇게 뜬 북동부 여자의 눈을
한 번 흘끗 본 적이 있기 때문이다. 나는 그것만으로 그녀의
모든 걸 알 수 있었다. 한편, 파라이바 출신의 저 남자로 말할
것 같으면, 나는 내 머릿속에 그의 얼굴을 사진처럼 찍어 두
었던 게 분명하다. 사람의 얼굴을 아무 편견 없이 자연스럽게

응시하면 그 얼굴은 거의 모든 걸 말해 준다.)

이제 나는 다시금 스스로를 지우고 다소 추상적인 존재가 될 수밖에 없는 두 사람의 이야기로 돌아가려 한다.

하지만 나는 아직 올림피쿠에 대해 자세히 설명하지 못했다. 파라이바 오지 출신인 그의 강인함은 가뭄으로 갈라진 황무지를 향한 분노로부터 온 것이었다. 그는 파라이바 시장에서 산 가향加香 바셀린 한 깡통과 머리빗 하나를 들고 리우로 왔는데, 그게 그의 전 재산이었다. 그는 검은 머리칼이 흠뻑 젖을 정도로 바셀린을 듬뿍 바르고 다녔다. 리우 여자들이 그렇게 기름기가 번질거리는 머리를 질색한다는 걸 꿈에도 몰랐던 것이다. 그는 마른 나뭇가지나 땡볕에 달궈진 돌멩이보다 더 까맣고 단단한 모습으로 태어났다. 그는 마카베아보다 살아남을 가능성이 더 컸다. 왜냐하면 그가 저 오지에서 경쟁자를 죽였던 건 우발적인 사고가 아니었기 때문이다. 그의 긴 잭나이프는 그 시골뜨기의 간 속으로 부드럽게, 부드럽게 파고들어 갔다. 그는 그 범죄를 철저히 비밀에 부쳤고, 그렇게 비밀이 주는 힘을 갖게 되었다. 올림피쿠는 프로 권투선수처럼 거칠었다. 하지만 장례식에 가서 눈물을 보이기도 했다. 그는 신문들, 그중에서도 《오 지아O Dia》지에 실린 부고를 보고 알지도 못하는 사람들의 장례식에 찾아갔는데, 어떤 때는 일주일에 세 번씩 가기도 했다. 장례식장에 가면 눈에 눈물이 가득 차올랐다. 그건 그의 약점이었지만, 약점이 없는 사람은 없다. 장례식에 가지 않는 주는 공허했다. 일주일 동안 장례식에 가지 못하면 공허해지는 이 남자를 미쳤다고 할 수도 있겠지만, 그는 자신이 원하는 게 무엇인지 잘 알고 있었다. 따라서 그는 전혀 미친 게 아니었다. 이런 올림피쿠와는 달리, 마카베아는 '어떤 것'과 '어떤 것' 사이에서 나온 잡종이었다. 사실 그녀는 굶주리던 부모의 멍한 정신 속에서 잉태된 것처럼 보였다. 올림피쿠는 훔칠 수 있을 때마다 훔쳤고, 잠자리를 제공해 준 건설 현장 야간 경비원의 물건까지 손을 댔다. 그는 살인과 도둑질을 통해 우연한 발생을 넘어선 존재가 되었고, 그렇게 스스로 권위를 지니고 명예를 지킬 수 있었다. 그가 마카베아보다 더 우위에 설 수 있었던 건 남다른 재주 덕분이기도 했다. 그는 신문에 난 권력자들의 사진을 단숨에 완벽하면서도 우스꽝스러운 캐리커처로 그려 내곤 했던 것이다. 그게 그의 복수였다. 그가 마카베아에게 해 준 단 하나의 좋은 일은 그녀가 해고당하면 금속 공장에 자리를 알아봐 주겠다고 말한 것이었다. 그녀에게 그 약속은 수치스러우면서도 기쁜 일이었으니(폭발), 금속 공장에 가면 거기서 현재 자신을 세상과 연결해 주는 유일한 끈을 발견하게 될 것이기 때문이었다. 올림피쿠 말이다. 하지만 마카베아는 자신의 미래를 그다지 걱정하지 않았다: 미래를 가진다는 건 사치스러운 일이었다. 그녀는 시계 라디오에서 세계 인구가 70억이라는 말을 듣고 무척 혼란스러웠다. 하지만 행복해지려는 성향을 지닌 그녀는 금세 자신을 위로했다: 나를 도와줄 사람이 70억 명이나 있는 거잖아.

마카베아는 공포 영화와 뮤지컬 영화를 좋아했다. 특히 여자들이 교수형을 당하거나 가슴에 총을 맞는 내용이 좋았다. 비록 스스로 목숨을 끊을 생각은 한 번도 해 본 적이 없었지만, 그녀 역시 자살자나 마찬가지였다. 그녀에게 삶이란 버터도 바르지 않은 오래된 빵보다 더 맛없는 것이었기 때문이다. 반면에 올림피쿠는 넘치는 활력을 지닌 검증된 악마였으며, 진귀한 정자들을 갖고 있었고, 거기에서 그의 아이들이 태어날 터였다. 그리고 앞에서 말했을 수도 있고 아닐 수도 있는데, 마카베아는 졸아든 버섯처럼 쪼그라든 난소들을 갖고 있었다. 아, 만일 내가 마카베아를 붙잡을 수 있다면, 그녀를 깨끗이 목욕시키고 따끈한 수프를 먹인 다음 침대에 뉘고 이마에 키스해 줄 것이다. 잠에서 깬 그녀가 삶이라는 커다란 사치를 발견할 수 있도록.

사실 올림피쿠는 마카베아와의 데이트에 만족하지 못했다―나는 이제야 그 사실을 발견하고 있다. 올림피쿠는 마카베아에게 번식력이 없으며, 그녀가 일종의 부산물에 지나지 않는다는 사실을 알아차렸는지도 모른다. 하지만 그가 마카베아의 직장 동료인 글로리아를 보았을 때는 달랐다. 그는 단번에 그녀가 '급'이 높은 사람임을 알아보았다.

　　글로리아의 핏속에는 포르투갈산 고급 포도주가 흘렀고, 걸을 때마다 씰룩이는 그녀의 엉덩이는 숨겨진 아프리카 혈통의 덕을 보고 있었다. 그녀는 백인이면서도 혼혈의 장점을 지니고 있었다. 그녀는 곱슬곱슬한 머리칼을 달걀노른자 색으로 탈색했는데, 머리칼의 뿌리 부분은 늘 검게 남아 있었다. 비록 탈색한 머리긴 했지만 금발은 금발이었고, 그 덕에 그녀는 올림피쿠의 세계에서 한 단계 더 올라설 수 있었다. 게다가 그녀에게는 북동부 사람들이 껌뻑 죽는 결정적인 장점이 있었다. 마카베아가 그에게 그녀를 처음 소개해 주었을 때, 글로리아는 이렇게 말했던 것이다: "난 리우에서 나고 자란 토박이예요!" 올림피쿠는 '토박이'가 무슨 뜻인지 몰랐는데, 그 단어는 글로리아의 아버지가 젊었을 때 쓰던 표현이었기 때문이다. 그녀가 카리오카[13]라는 건 동경의 대상인 남부 출신이라는 의미였다. 올림피쿠는 글로리아가 못생기긴 했어도 지금껏 잘 먹고 살아왔음을 단번에 간파했다. 그 점이 그녀를 고급품으로 만들어 주었다.

한편 그는 마카베아와는 미지근하고 틀에 박힌 관계가 되었는데, 애초에 그들은 뜨거웠던 적이 없었다. 그는 툭하면 버스정류장에 나오지 않았다. 그래도 여전히 남자 친구이기는 했다. 마카베아가 하는 생각은 하나뿐이었다. 그는 언제쯤 약혼하기를 원할까. 그리고 결혼은······.

올림피쿠는 이리저리 알아본 끝에 글로리아에게 아버지, 어머니가 있고 날마다 같은 시간에 따뜻한 식사를 한다는 걸 알게 되었다. 그것으로 글로리아는 일등품이 되었다. 올림피쿠는 그녀의 아버지가 정육점에서 일한다는 말을 들었을 때 환희를 느꼈다.

글로리아의 엉덩이를 보면 그녀가 아이를 잘 낳으리란 걸 알 수 있었다. 반면 마카베아는 몸에 자신의 종말을 품고 있는 듯했다.

이 말을 한다는 걸 잊고 있었는데, 사실 마카베아

---

13) carioca. 주로 브라질 남부 대도시인 리우데자네이루 출신을 뜻하는 단어로, 그곳을 생활 터전으로 삼는 이들을 지칭할 때도 쓰인다.

는 그 메마른 몸속에 놀라울 정도로 엄청난, 거의 무한대에 가까운 생명력과 혼자서 수태해 임신한 여자만이 가질 법한 풍요로움을 지니고 있었다. 그녀는 현실 감각을 흐트러뜨리는 꿈을 여러 번 꾸었는데, 그 꿈에는 거대한 원시 동물들이 등장했고, 그때마다 그녀는 마치 이 피비린내 나는 땅이 품고 있는 가장 오래된 이야기 속에서 살아가고 있는 듯했다.

그러다 (폭발) 갑자기 올림피쿠와 마카베아의 관계는 종말을 맞이했다. 좀 기묘하긴 했지만 그래도 희미한 사랑의 먼 친척뻘은 되는 관계였는데. 올림피쿠는 다른 여자가 생겼다고, 그 여자는 글로리아라고 마카베아에게 말했다. (폭발) 마카베아는 올림피쿠와 글로리아 사이에서 일어났던 일을 똑똑히 목격했었다: 그들의 눈이 키스하는 모습을.

마카베아의 얼굴이 지나칠 정도로 무표정해서, 올림피쿠는 영원한 작별의 아픔을 달래 줄 좋은 말을 해 주고 싶은 마음이 들 뻔했다. 하지만 그는 떠나면서 이렇게 말했다.

"마카베아, 넌 수프에 빠진 머리카락 같아. 누가 그런 걸 먹고 싶어 하겠어. 상처 줘서 미안한데, 솔직하게 말하는 거야. 내 말에 상처받았어?"

"아니, 아니, 아니! 제발, 나 좀 보내 줘! 그냥 작별
인사나 해 줘!"

나도 행복이나 불행에 관한 이야기는 하지 않는 쪽을
좋아한다—기절할 듯한 갈망, 라일락, 제비꽃 향기, 모
래밭에 물거품을 남기는 차가운 바닷물이 떠오르기 때
문이다. 마음을 아프게 하는 그런 감정은 자극하고 싶
지 않다.

이것도 잊어먹고 말하지 않았는데, 마카베아에게
도 한 가지 불행이 있었다. 그녀는 관능적이었던 것이
다. 구멍이 숭숭 뚫린 그 몸 안에, 심지어 그녀 자신조
차 알아채지 못했던 음란함이 어떻게 그리 많이 들어
차 있었을까? 수수께끼 같은 일이었다. 그녀는 올림피
쿠와 처음 사귀기 시작했을 때 그에게 증명사진 크기의
작은 사진 한 장을 달라고 했다. 사진 속의 그는 금니
를 자랑하기 위해 웃고 있었고, 흥분해 버린 그녀는 마
음을 진정시키려고 주님의 기도를 세 번, 성모송을 두
번 암송했다.

올림피쿠가 그녀를 차 버렸을 때, 그녀의 반응은
(폭발) 갑작스러웠고 뜻밖이었다: 예고도 없이 웃기 시
작한 것이다. 그녀가 웃은 건 우는 법을 잊었기 때문이
었다. 놀란 올림피쿠는 영문도 모른 채 낄낄거렸다.

두 사람은 그렇게 웃으며 서 있었다. 그러다 그는 뭔가를 직감했고, 그 직감은 그를 친절하게 행동하도록 만들었다: 그는 그녀에게 불안해서 웃는 거냐고 물었다. 그녀는 웃음을 멈추고 아주, 아주 지친 목소리로 말했다.

"나도 잘 모르겠어……."

마카베아가 이해한 건 딱 하나였다: 글로리아는 존재의 팡파르였다. 그리고 그러한 특성을 가져다준 건 분명 그녀의 뚱뚱함일 터였다. 마카베아는 마세이오에 살 때 한 남자가 길을 지나가던 뚱뚱한 여자에게 "살이 아주 싱싱해!"라고 말하는 걸 들은 후로 남몰래 풍만한 몸을 이상으로 삼게 되었다. 그때부터 살이 찌기를 갈망한 그녀는 난생처음 고모에게 요구라는 것도 해 보았다. 고모에게 대구 간유肝油를 사 달라고 졸랐던 것이다. (그녀는 이미 그때부터 광고를 좋아했다.) 그러자 고모가 그녀에게 물었다: 그런 사치를 부리겠다니, 네가 무슨 부잣집 딸인 줄 알아?

올림피쿠에게 버림받긴 했지만, 본래 슬픈 사람이 아니었던 그녀는 아무것도 잃지 않은 것처럼 살아가려고 애썼다. (그녀는 절망이나 그 비슷한 것들은 하지 않았다.) 하기야 달리 무슨 수가 있었겠는가? 그녀의 삶은 이미 굳어 있었다. 게다가 슬픔이란 건 그만한 여력이 있고 달리 할 일이 없는 부자들에게나 주어지는 것이었다. 슬픔은 사치였다.

이것도 깜빡하고 말하지 못했는데, 마카베아는 올림피쿠에게 차인 다음날 한 가지 결심을 했다. 아무도 그녀를 위해 파티를 열어 주지 않는 데다 약혼도 글러 먹었으니, 스스로 파티를 열기로 한 것이다. 그녀는 우선 필요도 없는 새 립스틱을 샀다: 전에 샀던 분홍색이 아니라 새빨간 색이었다. 회사 화장실에서 립스틱을 바르던 그녀는 얇은 입술의 바깥쪽까지 칠해 버렸고, 그러자 입술은 마릴린 먼로의 그것을 닮은 기괴한 무언가로 변했다. 립스틱을 다 바른 그녀는 거울 앞에 서서 깜짝 놀란 얼굴로 자신을 마주 보는 거울 속 형상을 바라보았다. 립스틱을 바른 게 아니라 이가 부러지고 입술이 터질 정도로 얻어맞아서 (작은 폭발) 새빨간 피로 물든 것 같았다. 화장실에서 나와 자리로 돌아가자 글로리아가 놀려 댔다.

"너 정신이 어떻게 된 거 아냐? 귀신 들린 사람처럼 얼굴을 칠해 놨네? 군인들하고 붙어 다니는 여자 같잖아."

"난 처녀야! 난 뱃사람들이나 군인들하고 안 붙어
   다녀."
"이런 거 물어봐서 미안한데: 못생겼다는 게 마음
   의 상처가 되기도 해?"
"그런 생각은 안 해 봤는데, 조금 그럴 것 같긴 해.
   그건 너한테 물어봐야겠네. 네가 못생겼으니까."

"난 못생기지 않았어!!!" 글로리아가 악을 썼다.

   그 후엔 다시 평화가 찾아왔고, 마카베아는 계속
해서 아무 생각 없는 상태를 즐겼다. 텅 비고 공허한 상
태. 앞에서도 말했듯, 그녀에겐 수호천사가 없었다. 그
래도 그녀는 자신이 구할 수 있는 것들은 최선을 다해
구했다. 그리고 그 바깥에 있는 것들에 대해서는 아무
런 감정도 품지 않았다. 글로리아가 그녀에게 물었다.

"아스피린을 왜 그렇게 자주 달라고 하는 거야? 잔
   소리하는 건 아냐. 이것도 다 돈 주고 사는 거긴 하
   지만."
"그걸 먹어야 안 아프니까."
"뭐? 정말? 너 아파?"
"항상 아파."
"어디가?"

"속이. 뭐라고 설명할 수가 없어."

그것 말고도, 그녀는 자신에 대해 설명하기가 점점 더
힘들어졌다. 그녀는 자신을 단순한 유기체로 만들었
다. 그녀는 단순하고 정직한 것들에게서 죄의 은총을
발견하는 법을 알아냈다. 그녀는 시간의 흐름을 느끼
는 게 좋았다. 그녀에겐 손목시계가 없었지만, 아니 어
쩌면 바로 그랬기 때문에, 시간의 광대함을 음미할 수
있었다. 그녀는 초음속의 시간을 살았다. 그녀가 음속
의 장벽 너머에 존재하고 있음을 알아차린 사람은 아
무도 없었다. 그래서 다른 사람들에게 그녀는 존재하
지 않았다. 그녀가 다른 사람들보다 뛰어난 점이 하나
있다면, 그건 물 없이 알약을 삼킬 수 있다는 것이었다.
그녀에게 아스피린을 준 글로리아는 그걸 보며 무척 감
탄했고, 마카베아는 가슴이 기분 좋게 따뜻해지는 걸
느꼈다. 글로리아가 그녀에게 경고했다.

"그러다 언젠가는 알약이 목구멍에 달라붙어서 목
이 반쯤 잘린 닭처럼 뛰어다니게 될 거야."

마카베아는 황홀경을 맛본 적이 있었다. 두 팔로 다 감
쌀 수 없을 만큼 우람한 나무 앞에서였다. 하지만 그녀

는 그런 황홀경을 느끼면서도 신과 함께하지 않았다. 그녀는 무심한 기도를 올렸다. 그랬다. 하지만 다른 사람들이 믿는 그 신비한 신은 가끔 그녀에게도 은총을 내려 주었다. 행복, 행복, 행복. 그녀의 영혼은 거의 날아다니다시피 했다. 심지어 그녀는 비행접시를 본 적도 있었다. 그녀는 글로리아에게 이런저런 이야기를 하고 싶었지만 그러지 못했다. 어떻게 말해야 할지 알 수 없었기 때문이었다. 게다가 무엇에 대해 말한단 말인가? 느낌? '모든 것'에 대해 말할 수 있는 사람은 아무도 없으니, 왜냐하면 '모든 것'은 텅 빈 없음이기 때문이다.

이따금 사무실에서 은총이 찾아오기도 했다. 그러면 그녀는 혼자 있기 위해 화장실로 갔다. 그러고는 은총이 지나갈 때까지 미소 지으며 서 있었다(문득, 나는 신이 그녀에게 지극히 자비로웠다는 생각이 든다: 신은 자신이 앗아갔던 걸 그녀에게 다시 주었으니까). 흐린 눈으로, 아무 생각도 없이 그렇게 서 있었다.

글로리아마저도 그녀의 친구가 아니었다: 그냥 직장 동료일 뿐이었다. 통통하고 희고 따분한 글로리아. 그녀에게선 이상한 냄새가 났다. 잘 씻지 않아서 그런 게 분명했다. 그녀는 무성한 다리털과 깎지 않은 겨드랑이털까지 탈색했다. 올림피쿠: 그녀는 아래쪽 털도 금색일까?

　　글로리아는 마카베아에게 모성애 같은 걸 갖고 있
었다. 그녀는 마카베아가 쪼그라들어 보일 때마다 묻
곤 했다.

　　"꼴이 왜?"

여간해서는 다른 사람에게 화를 내지 않는 마카베아였
지만, 말을 하다 마는 글로리아의 버릇에는 진절머리
가 났다. 글로리아는 독한 백단향을 풍기는 향수를 썼
고, 비위가 약한 마카베아는 그 냄새를 맡을 때마다 토
할 것 같았다. 하지만 그녀는 아무 말도 하지 않았는데,
왜냐하면 글로리아는 그녀를 세상과 연결해 주는 유일
한 끈이었기 때문이다. 그 세상은 고모, 글로리아, 하
이문두 씨, 올림피쿠로 이루어져 있었다—그리고 저 먼
곳에는 그녀와 같은 방을 쓰는 네 명의 룸메이트가 있
었다. 그런 현실을 벌충하고 싶었던 마카베아는 젊은
그레타 가르보의 사진을 보면서 동질감을 느꼈다. 그
건 내겐 무척 놀라운 일이었는데, 가르보 같은 얼굴이
나타내는 메시지를 마카베아가 감지할 수 있으리라고
는 상상도 하지 못했기 때문이다. 비록 자기 자신에게
그 이유를 설명할 수는 없었지만, 그녀는 이런 생각을

했다: 그레타 가르보, 저 여자는 분명 세상에서 제일 중요한 여자일 거야. 하지만 그녀가 정말로 되고 싶었던 사람은 도도한 그레타 가르보가 아니었다(가르보의 비극적인 관능성은 고독이라는 토대 위에 세워져 있었다). 앞에서도 말했듯, 그녀는 마릴린처럼 보이고 싶었다. 여간해서는 속을 내보이지 않던 그녀가 어느 날 글로리아에게 누구처럼 되고 싶은지 고백하자 글로리아는 폭소를 터뜨렸다.

"누구라고, 마카? 꿈 깨!"

글로리아는 스스로에게 무척 만족했다: 자기가 진짜 특별하다고 여겼다. 그녀는 자신이 물라토 특유의 나른한 리듬을 지니고 있다는 걸 알았고, 자신의 육감적인 매력을 살리기 위해 입가에 애교점을 찍었으며, 입술 위의 솜털도 탈색했다. 그녀의 입은 금빛이었다. 그건 마치 콧수염 같아 보였다. 그녀는 교활한 여우였지만 착한 마음을 갖고 있었다. 그녀는 마카베아를 딱하게 여겼지만 발 벗고 나서서 도와줄 생각은 없었다. 누가 그렇게 머저리같이 살라고 했대? 글로리아는 이렇게 생각했다: 난 걔랑 아무 관계도 없어.

누구도 다른 사람의 마음에 들어갈 수는 없다. 마

카베아는 글로리아와 대화를 나누긴 했지만—솔직하게 마음을 터놓은 적은 없었다.

글로리아는 행복한 엉덩이를 갖고 있었고, 올림피쿠와의 끊임없는 키스를 위해 항상 입에서 좋은 향기가 나도록 멘솔 담배를 피웠다. 그녀는 저 잘난 맛에 살았다: 자신의 작은 야망들이 필요로 하는 것을 모두 얻었던 것이다. 그녀의 내면에 있는 반항심은 이렇게 요약할 수 있었다: "아무도 나한테 이래라저래라 할 수 없어." 반면에, 그녀 자신은 어느 날 마카베아를 보고 또 보고 또 보고 또 보기 시작하더니, 결국 참지 못하고 포르투갈 억양을 살짝 섞어서 말했다.

"이 가시내야, 넌 얼굴이 없니?"
"나도 얼굴 있어. 코가 납작해서 그런 거야. 알라고
아스 출신이라."
"말해 봐: 네 장래에 대해서 생각을 하긴 해?"

마카베아는 그 질문에 어떻게 대답해야 할지 몰랐다.

좋아. 다시 올림피쿠 이야기로 돌아가자.

글로리아에게 강한 인상을 주는 동시에 그녀의 콧대를 꺾어 놓고 싶었던 그는, 북동부 시장에서 매운 빨강 고추를 사 와서는 새 여자 친구 앞에서 그 악마의 열

매를 씹어먹으며 남자다움을 과시했다. 그는 속에서 불이 나는데도 물 한 모금 마시지 않았다. 그 고통은 참기 힘들었지만 그를 더 강인하게 만들어 주었으며, 겁을 먹은 글로리아가 그에게 고분고분해졌다는 점은 말할 필요도 없다. 그는 속으로 생각했다: 내가 말했잖아? 나는 정복자라고. 그는 수벌의 힘으로 글로리아를 공격했고, 글로리아는 그에게 벌꿀과 두툼한 스테이크를 바쳤다. 그는 마카베아를 차 버린 걸 단 한 순간도 후회하지 않았으니, 언젠가는 출세해서 다른 사람들의 세상으로 들어가는 것이 그의 운명이었기 때문이다. 그는 다른 사람이 되기를 탐했다. 이 작고 약한 마초의 주머니는 글로리아의 세상 같은 곳에서 두둑이 채워져 갈 터였다. 그렇게 결국, 그는 지금까지의 자신, 너무도 약한 것이 수치스러워 자기 자신에게조차 숨겨 왔던 자신에게서 벗어나게 될 터였다. 그는 어릴 때부터 간신히 뛰고 있는 외로운 심장에 지나지 않았다. 오지 출신의 그 남자는 수난자였다. 그래서 나는 그를 용서한다.

글로리아, 다른 여자의 남자 친구를 훔친 걸 만회하고 싶었던 그녀는 어느 일요일 오후에 자기 집으로 그 여자를 초대했다. 자신이 입혔던 상처를 치료해 주기 위해서였을까? (아, 따분하기 짝이 없는 이야기, 이런 걸 계속 쓰자니 너무 힘이 든다.)

그리고 마카베아는 (작은 폭발) 눈이 휘둥그레졌
다. 중산층 맨 밑바닥의 너저분한 무질서 속 어딘가에
는 먹는 데에 모든 돈을 쓰는 사람들 특유의 따분한 안
락함이 있었던 것이다. 그 동네 사람들은 많이 먹었다.
글로리아는 어느 장군의 이름을 딴 거리에 살고 있었
고, 자신이 군사 지도자의 이름을 딴 곳에 산다는 사실
에 무척 만족했다. 더 안전하다고 느꼈기 때문이다. 그
녀의 집에는 전화기까지 있었다. 마카베아는 가끔 세
상에 자신의 자리가 없는 듯한 기분을 느꼈는데, 그날
이 그런 순간 중 하나였고, 그건 순전히 글로리아가 너
무 많은 걸 베풀어 주었기 때문이었다. 그녀는 우유에
진짜 초콜릿을 진하게 타서 컵에 가득 따라 주고, 여러
가지 달콤한 빵들은 물론 작은 케이크까지 주었다. 마
카베아는 글로리아가 잠시 방을 비운 사이에 쿠키를 하
나 훔쳤다. 그러고는 모든 걸 주고 또 앗아가는 추상적
인 존재에게 용서를 빌었다. 그리고 용서받았다고 느
꼈다. 그 존재는 그녀의 모든 걸 용서해 주었다.

　　다음날인 월요일, 초콜릿을 먹어서 간에 무리가
갔는지 아니면 부자들이 먹는 걸 마시는 바람에 마음이
불편했는지, 그녀는 몸이 아팠다. 그래도 비싼 초콜릿
이 아까워서 토하지 않았다. 며칠 뒤, 월급날이 되자 난
생처음 용기를 낸 그녀는 (폭발) 글로리아가 추천해 준

저렴한 의사를 찾아갔다. 의사는 그녀를 진찰하고, 또 진찰하고, 또 진찰했다.

"아가씨, 다이어트 하시나요?"

마카베아는 뭐라고 대답해야 할지 알 수가 없었다.

"주로 뭘 드시나요?"
"핫도그요."
"그것만?"
"가끔 볼로냐 샌드위치도 먹어요."
"마시는 건요? 우유?"
"커피랑 음료수만 마셔요."

"음료수는 어떤 걸 마셔요?" 의사는 무슨 말을 해야 할지 몰라서 그렇게 물었다. 그는 생각나는 대로 질문을 던졌다.

"구토는 안 해요?"

"아, 아뇨!" 그녀는 깜짝 놀라서 외쳤다. 앞에서도 말했 듯이, 그녀는 음식을 낭비하는 바보가 아니었다.

그녀를 찬찬히 살펴본 의사는 그녀가 다이어트를 하고 있지 않음을 확신했다. 하지만 살을 빼기 위해 다이어트를 해서는 안 된다고 권고하는 쪽이 더 편했다. 그는 그런 일이 다 그런 식으로 돌아간다는 걸 알고 있었고, 자신이 가난한 사람들을 상대하는 의사라는 사실도 알고 있었다. 의사는 그렇게 말하면서 강장제를 처방해 주었다. 마카베아는 굳이 그 강장제를 사진 않았는데, 의사에게 진료받는 것만으로도 치료가 된다고 생각했기 때문이었다. 의사는 화가 치밀었고, 그러면서도 자신의 갑작스러운 짜증과 혐오가 어디서 생겨났는지는 짐작조차 하지 못했다:

"핫도그 다이어트를 하는 건 순전히 신경증적인 문제네요. 그러니까 당신한테 필요한 사람은 정신과 의사예요!"

마카베아는 그중 한 단어도 이해하지 못했지만, 의사에게 미소로 답해야 할 것 같았다. 그래서 그녀는 미소를 지었다.

몸이 아주 뚱뚱하고 땀을 많이 흘렸던 의사는 가끔 입술을 오므리는 틱 증상이 있었다. 그 모습은 마치 울기 직전에 삐죽거리는 아기 같았다.

*

이 의사도 무의미하게 살고 있었다. 그에게 의술은 돈을 버는 수단이었고, 의사라는 직업이나 환자들에 대한 애정 따위는 없었다. 그는 무성의했고 가난을 추한 것으로 여겼다. 그는 가난한 사람들을 상대한다는 사실을 지긋지긋하게 여기면서 일했다. 그에게 가난한 사람들이란 상류층, 즉 그 자신도 속하지 못한 계급으로부터 거부당한 자들이었다. 그는 자신의 의술이 시대에 뒤떨어진 구닥다리라는 걸 알고 있었지만, 가난한 사람들에겐 그 정도면 족하다고 여겼다. 그의 꿈은 딱 자신이 바라는 일을 할 수 있을 만큼만 돈을 모으는 것이었다. 그가 바라는 일, 아무것도 하지 않는 것.

그가 검사를 좀 해야겠다고 말하자 그녀는 이렇게 대답했다.

"병원에 가면 옷을 벗어야 한다고 들었는데, 저는 옷 안 벗어요."

그는 엑스레이를 찍은 후에 말했다.

"폐결핵 초기네요."

마카베아는 그게 좋은 일인지 나쁜 일인지 몰랐다. 어

쨌거나 그녀는 대단히 예의 바른 사람이었기에 이렇게
말했다.

"정말 감사합니다, 됐죠?"

의사는 동정심을 느끼기를 거부했다. 그리고 이렇게
말했다: 뭘 먹어야 할지 모르겠으면 맛있는 이탈리아
식 스파게티를 만들어 먹어 봐요.
　　자신 역시 불친절을 겪으며 살아왔다고 여겼던 의
사는 최소한의 선의를 발휘해 이렇게 덧붙였다.

"돈도 많이 안 드니까……."
"선생님이 말씀하신 음식 이름은 처음 들어 본 거
　예요. 좋은 음식인가요?"
"물론이죠! 이 똥배를 봐요! 파스타를 먹고 맥주
　를 많이 마셔서 이렇게 된 겁니다. 맥주는 안 돼요.
　알코올은 안 마시는 게 좋으니까."

마카베아는 지친 목소리로 물었다.

"알코올요?"
"저기, 아가씨! 그만 가요!"

그래, 난 마카베아를 사랑한다. 나의 소중한 마카, 나는 그녀의 볼품없음과 아무에게도 속하지 않은 철저한 익명성을 사랑한다. 그녀의 약한 폐를 사랑한다. 말라깽이 아가씨. 나는 그녀가 입을 열고 이렇게 말했으면 좋겠다.

> "난 세상에서 혼자이고 난 아무도 믿지 않아요, 모두가 거짓말을 해요, 때론 사랑을 나눌 때조차도 그러죠, 난 한 존재가 다른 존재에게 진실을 전할 수 있다고 생각하지 않아요, 진실은 꼭 내가 혼자일 때만 찾아오는 거예요."

하지만 마카는 이만큼 길게 이야기한 적이 없었는데, 그건 무엇보다도 그녀가 말이 거의 없는 사람이기 때문이었다. 또한 다른 이유들도 있었다. 그녀가 자기 자신을 전혀 의식하지 않았다는 것, 그리고 단 한 번도 불평한 적이 없다는 것. 심지어 그녀는 자신이 행복하다고 생각했다. 그녀는 백치는 아니었지만 백치들의 순수한 행복을 누리고 있었다. 심지어 그녀는 자기 자신에게 주의조차 기울이지 알고 있다: 그게 뭔지도 몰랐으니까. (나는 마카에게 나 자신의 상황을 주입시켰다는 걸 안다: 나는 매일 몇 시간씩의 고독이 필요하다. 아니면 'me muero.[14]')

나로 말할 것 같으면, 나는 혼자 있을 때만 진실하다. 나는 어렸을 때 늘 지구의 표면에서 떨어져 추락할 수도 있다고 생각하며 살았다. 다른 건 다 떨어지는데 구름은 왜 떨어지지 않는가? 구름을 떠 있게 하는 공기의 힘이 중력보다 크기 때문이다. 똑똑하지 않은가? 그래, 하지만 언젠가 그것들은 비가 되어 떨어질 것이다. 그게 나의 복수다.

그녀는 글로리아에게 아무것도 털어놓지 않았는데, 왜냐하면 그녀는 거짓말만 해 왔기 때문이었다: 그녀는 진실을 부끄러워했다. 거짓말이 훨씬 더 예의 바른 것이었다. 그녀가 생각하기에, 바른 태도를 가졌다는 건 거짓말을 하는 법을 잘 안다는 걸 뜻했다. 그래서 그녀는 자기 자신에게도 거짓말을 했다. 심지어 직장 동료를 부러워하는 마음이 빚어낸 짤막한 백일몽 속에서조차도. 이를테면 글로리아는 창의적이었다: 마카베아는 글로리아가 자신의 손끝에 입을 맞춘 다음, 새를 날려 보내듯 허공에 손을 뻗어 올림피쿠에게 작별 인사를 하

---

14)   스페인어로 '나는 죽는다'라는 뜻이다.

는 모습을 보았다. 그녀는 생각조차 해 보지 못한 방식이었다.

(이 이야기는 가공되지 않은 날것의 원료들, 내가 생각을 하기도 전에 먼저 내 안으로 치고 들어오는 것들만으로 이루어져 있다. 나는 말로는 표현할 수 없는 많은 것들을 알고 있으며, 무엇을 가지고 생각해야 하는지는 알지 못한다.)

양심의 가책 때문이었는지, 글로리아는 그녀에게 이렇게 말했다.

"올림피쿠는 내 남자야. 너도 분명 다른 남자를 찾게 될 거야. 올림피쿠는 내 남자라고 점쟁이가 그랬어. 난 그 점쟁이 말을 믿을 거야. 진짜 용해서 점이 틀린 적이 없거든. 너도 가서 돈 내고 카드 점 좀 쳐 보지 그래?"

"많이 비싸?"

글이라면 진절머리가 난다. 오직 침묵만이 나의 벗이 되어 준다. 내가 여전히 글을 쓰고 있는 건 이 세상에서 죽음을 기다리면서 달리 할 일이 없기 때문이다. 어둠 속에서 말을 탐색하는 일. 내 작은 성공은 나를 침범하고, 길 위에서 흘끗거리는 시선들 속에 나를 노출시킨다. 내가 원하는 건 진창 속에서 허우적대는 것이다.

거의 통제할 수 없는 몰락을 추구하는 열망, 온갖 타락과 절대적으로 비천한 희열을 구하려는 열망. 나는 죄에 이끌린다. 금지된 것들이 나를 끌어당긴다. 나는 돼지가 되고 싶고, 암탉이 되고 싶고, 그런 다음 그것들을 죽이고 그 피를 마시고 싶다. 나는 마카베아의 성기를 생각한다. 조용하지만 뜻밖에도 무성한 검은 털로 덮여 있는─그 성기는 그녀라는 존재를 열렬히 드러내는 유일한 표식이다.

그녀는 아무것도 요구하지 않았지만, 그녀의 성기는 마치 무덤에서 피어나는 해바라기처럼 요구했다. 내 경우에는 어떤가, 나는 피곤하다. 어쩌면 마카베아, 글로리아, 올림피쿠 때문일 것이다. 의사의 맥주 이야기도 구역질이 난다. 한 사흘쯤 이야기를 멈춰야겠다.

지난 사흘 동안 나는 이 이야기의 등장인물들 없이 홀로 지내며 마치 옷을 벗듯 나 자신을 벗어던졌다. 완전히 벗어던지고 잠에 빠져들었다.

그리고 다시 등장한 나는 마카베아를 그리워한다. 이야기를 이어가 보자.

"많이 비싸?"

"내가 돈 빌려줄게. 마담 카를로타는 저주도 다 풀
어 줘. 내 저주도 풀어 줬어. 8월 13일 금요일 밤
열두 시에, 상 미겔 저쪽, 마쿰바[15] 하는 데서. 검
은 돼지 한 마리하고 흰 암탉 일곱 마리를 죽여서
내 몸에 그 피를 뿌린 다음에 피에 젖은 내 옷을 찢
어 벗겼어. 너도 할 수 있겠어?"
"내가 피를 제대로 쳐다볼 수 있을지 모르겠어."

그건 어쩌면 피가 세상 모두의 비밀이기 때문일 것이
다. 생명을 불어넣는 비극이라는 비밀. 하지만 마카베
아가 아는 건 자신이 피를 쳐다보지 못한다는 사실뿐이
었고, 나머지는 내가 생각해 낸 것이다. 나는 '사실들'에
대해 지독하리만치 흥미를 느끼고 있다: 사실들은 단
단한 돌덩어리다. 당신은 거기에서 벗어날 수 없다. 사
실들은 세상이 하는 말이다.
　　그래, 그리고.
　　갑작스러운 도움을 받게 된 마카베아는 치통을 핑
계로 사장에게서 하루 휴가를 얻어 낸 다음, 감당할 수
없을 만큼의 돈을 빌렸다. 그 과감한 결심은 그녀에게
뜻밖의 용기를 줌으로써 더 과감한 일을 하도록 이끌었
으니(폭발): 그녀는 그 돈이 빌린 것이므로 자기 돈이
아니고, 따라서 마음껏 써도 된다는 왜곡된 추론을 한

것이다. 그래서 그녀는 난생처음 택시를 잡아타고 올라리아로 갔다. 그녀가 그토록 과감해질 수 있었던 건 절박함 때문이었을 것이다. 그녀는 자신이 절박하다는 걸 모르고 있었지만, 사실 거의 죽어 가는 중이었다. 진창에 얼굴을 박은 채로.

마담 카를로타의 주소지를 찾아가는 건 어렵지 않았는데, 그건 좋은 징조인 듯했다. 마담 카를로타의 집은 골목 모퉁이에 있는 아파트의 1층이었고 길에 깔린 판석들 사이로는 풀이 자라고 있었다—늘 작고 하찮은 것들을 주목했던 그녀는 그 풀들을 눈여겨보았다. 그녀는 초인종을 누르며 멍하니 생각했다: 풀은 정말 쉽고 단순해. 비록 우연한 존재이긴 했지만 자유로운 내면을 갖고 있었던 그녀는 곁길로 새는 생각들을 스스로 떠올려 내고는 그 안에 잠겨들곤 했다.

마담 카를로타가 몸소 문을 열고 다정한 눈길로 바라보며 말했다.

"아가씨가 나를 찾아오고 있다고 우리 신령님이 벌

---

15) macumba. 남미 흑인들이 행하는 주술 의식으로, 부두교와 그리스도교 양식이 혼재돼 있다.

써 말씀해 주셨지. 이름이 뭐라고 했더라? 아, 정
말? 엄청 예쁘네. 들어와요, 귀여운 아가씨. 지금
방에 손님이 계시니까 여기서 기다려요. 커피 한
잔 줄까?"

그런 친절한 대접을 받아 본 적이 없었던 마카베아는
약간 당황했다. 그녀는 자신의 부서지기 쉬운 삶을 의
식하면서 설탕을 거의 넣지 않은 차가운 커피를 마셨
다. 그러면서 감탄과 경의에 찬 눈길로 방 안을 둘러보
았다. 거기 있는 모든 게 사치스러웠다. 안락의자와 소
파들을 덮고 있는 노란 플라스틱 커버들. 심지어 플라
스틱 꽃까지 있었다. 플라스틱은 위대한 것이었다. 그
녀는 황홀해졌다.
    마침내 안쪽 방에서 눈이 빨개진 젊은 여자가 나
왔고, 마담 카를로타가 마카베아에게 들어오라고 했
다. (사실들을 상대하는 건 너무도 따분한 일이며, 일상적인
문제들은 나를 녹초로 만든다. 나는 그저 내 화만 돋우고 있
는 이 이야기를 쓰고 싶지 않다. 나는 지금 내 자신이 감당할
수 있는 범주를 넘어선 것들에 대해 쓰는 중이다. 따라서 나
는 내가 지금 쓰고 있는 것들에 대해서는 아무런 책임도 질
수 없다.)
    그럼, 힘들게나마 계속해 보자. 마담 카를로타는

몹시 뚱뚱했고, 축 늘어진 작은 입술에는 새빨간 립스틱을, 기름진 뺨에는 반짝이는 볼연지를 칠하고 있었다. 그 모습은 반쯤 부서진 커다란 도자기 인형 같았다. (나는 이 이야기를 더 깊게 만들 수 없다는 걸 안다. 묘사는 너무 피곤한 일이다.)

"나 무서워하지 말아요, 요 작고 귀여운 아가씨야. 누구든 나와 함께 있으면 예수님과 함께 있는 거니까."

그러면서 그녀는 채색된 그림 한 장을 가리켰는데, 거기에는 밖으로 노출된 그리스도의 심장이 빨간색과 금색으로 그려져 있었다.

"나는 예수님 팬이야. 아주 그분한테 미쳐 있지. 늘 나를 도와주시거든. 나도 말이야, 젊었을 때는 능력이 있어서 인생을 사는게 쉬웠어. 진짜 너무 쉬웠지-감사합니다 주님-. 그러다 나이가 들면서 그 바닥에서 가치가 떨어지니까 우리 주님께서 아주 득달같이 동업자를 붙여 주셔서 함께 업소를 차렸지. 그렇게 돈을 벌어서 이 작은 단층 아파트도 샀고. 업소는 때려치웠어. 돈 빼돌릴 궁리만 하

는 년들한테서 눈을 뗄 수가 없었거든. 내 얘기 재
미있어?"

"엄청요."

"그래야지. 난 거짓말 안 하니까. 그리고 아가씨도
예수님 팬이 돼야 해. 구세주께서는 진짜로 구원
해 주시거든. 경찰은 점을 못 치게 해. 내가 사람
들을 등쳐먹는다고. 하지만 내가 말했다시피, 제
아무리 경찰이라도 예수님은 못 당하지. 예수님께
서 이 고급 가구들을 다 살 수 있는 돈을 벌게 해
주신 거 알지?"

"네, 부인."

"아, 그럼 나랑 생각이 같네, 그렇지? 보아하니 넌
똑똑한 애야. 다행이지. 사실 난 똑똑해서 살아남
은 거니까."

마담 카를로타는 말하는 틈틈이 상자에서 초콜릿 봉봉
을 하나씩 꺼내 조그만 입 속으로 재빨리 밀어 넣었다.
마카베아에겐 한 번도 권하지 않았다. 앞서 말했듯, 작
은 것들에 주목하는 마카베아는 그 초콜릿 속에 진한
액체가 들어 있는 걸 보았다. 그녀는 봉봉을 탐내지 않
았는데, 그건 세상 온갖 것들이 다 다른 이들에게 속해
있다는 걸 알고 있었기 때문이었다.

"난 가난했어. 늘 굶었고 변변한 옷도 없었지. 그래서 그 일을 하게 된 거야. 난 그 일이 좋았어. 왜냐면 난 아주 다정한 사람이거든. 모든 남자한테 다 다정했지. 거기 여자들하고도 죽이 잘 맞아서 재미있었고. 우린 서로를 지켜줬고, 음, 걔네들이랑 싸운 건 아주 가끔뿐이었어. 하지만 싸우는 것도 괜찮았거든. 난 진짜 힘이 셌고, 주먹으로 때리고 머리끄덩이를 잡아당기고 입으로 무는 걸 다 좋아했으니까. 무는 얘기가 나와서 말인데, 그때 내 이가 얼마나 하얗고 반짝반짝했는지 아가씨는 상상도 못 할 거야. 근데 이제 다 썩어서 틀니를 끼게 됐지 뭐야. 사람들이 이게 틀니라는 걸 알아볼 것 같니?"

"아니요, 부인."

"난 아주 깔끔해서 나쁜 병에 안 걸렸어. 매독에 한번 걸리긴 했지만 페니실린 덕분에 나았고. 난 마음씨가 착해서 다른 사람들보다 이해심이 많았어. 따지고 보면 내가 줄 수 있는 걸 주는 거였으니까. 진짜 순정을 바쳐서 사랑한 남자가 있었는데, 내가 먹여 살렸어. 아주 고상한 남자였고 노동으로 삶을 낭비하기 싫어했거든. 그 남자는 나한텐 사치였지. 난 그 사람한테 두드려 맞기까지 했어. 그 사람이 날 매질할 때마다 그가 나를 좋아한다는 걸 알 수 있었고, 난 흠씬 두드려 맞는 게 좋았지. 그 사람하고 함께하는 건 사랑이었어, 다른 남자들하고는 전부 일이었지만. 그가 떠난 뒤에는, 나는 여자들이랑 자면서 그를 잊었어. 여자들의 사랑을 받는 건 좋은 거야 진짜. 아가씨한테도 추천해 주고 싶어. 아가씨는 거친 남자들을 감당하기엔 너무 여리고, 일단 여자를 만나기만 한다면 그게 얼마나 좋은지 알게 될 거야. 여자끼리 사랑하는 게 훨씬 더 좋아. 우리 아가씨는 여자가 있을 만큼 복 많은 사람일까?"

"아니요, 부인."

"그건 외모에 너무 신경을 안 써서 그런 걸 수도 있어. 안 꾸미는 건 자기를 포기하는 거야. 아, 그 동네가 얼마나 그리운지 몰라! 나는 진짜 신사들이 드나들던 망기의 전성기를 알고 있거든. 그때 난 정해진 요금 말고 팁도 많이 받았어. 이제 망기는 다 망해서 업소가 대여섯 군데밖에 안 남았대. 내가 거기서 일할 때는 200군데는 됐는데. 난 속이 다 비치는 레이스 브라하고 팬티만 입고 문 앞에 서 있었어. 나중에 살이 너무 많이 찌고 이도 빠지면서 포주 노릇을 시작했고. 포주가 뭔지 알아?

난 그 말을 당당하게 써. 말을 무서워해 본 적이 없
거든. 어떤 사람들은 그냥 뭔가의 이름만 들어도
겁을 먹는데 말이야. 아가씨도 말을 무서워해?"

"네, 부인."

"그럼 나쁜 말은 안 해야겠네. 걱정하지 마. 요즘
망기에서는 고약한 악취가 아주 하늘을 찌른대.
내가 거기 살 때는 업소에 좋은 냄새가 나도록 향
을 피웠는데. 무슨 성당 냄새 같았다니까. 그리고
모든 게 아주 점잖고 종교적이었어. 난 거기서 일
하면서 저축까지 조금씩 했었어. 물론 주인 몫을
떼 주고 나서. 가끔 총싸움이 벌어지긴 했지만 난
그런 일에 휘말리지 않았어. 우리 꽃 같은 아가씨,
내가 늘어놓는 얘기가 좀 지루하지? 오, 아니라
고? 점괘를 다 읽을 때까지 기다려 줄 수 있을까?"

"네, 부인."

그렇게 마담 카를로타는 망기에 살았을 때 자신의 작은
방 벽을 멋지게 꾸몄다는 이야기를 들려주었다.

"아가씨, 남자 냄새가 여자한테 좋다는 거 알아?
건강에 좋거든. 남자 냄새 맡아 봤어?"

"아니요, 부인."

마침내, 마담 카를로타는 손가락을 핥고는 마카베아에게 카드를 떼라고 했다.

"왼손으로, 알았지, 우리 사랑스런 귀염둥이?"

마카베아는 떨리는 손으로 카드를 뗐다: 그녀는 처음으로 운명이란 걸 갖게 될 터였다. 마담 카를로타가 (폭발) 그녀의 삶에서 결정적인 위치를 점한 것이다. 그녀의 삶은 반짝이는 볼연지 덕에 피부가 플라스틱처럼 매끄러워 보이는 저 위대한 여자를 향해 소용돌이치며 빨려 들어갔다. 마담 카를로타가 갑자기 쳐다보았다:

"아이구, 우리 마카베아, 정말로 지독한 인생이네! 나의 벗이신 예수님께서 너를 불쌍히 여기시기를! 딱하기도 하지!"

마카베아는 얼굴이 하얗게 질렸다. 자신의 운명이 그렇게 나쁘다는 생각은 해 본 적이 없었던 것이다.

마담은 마카베아의 과거를 다 알아맞혔고, 부모님 얼굴도 모르는 상태로 악독한 계모 같은 친척의 손에 자랐다는 말까지 했다. 마카베아는 진실을 알고 충격에 빠졌다: 고모가 자신을 모질게 대한 건 더 나은 사람

이 되도록 교육시키기 위해서였다고 줄곧 믿어 왔던 것
이다. 마담이 덧붙였다.

"아가씨, 현재 운수도 고약해. 직장을 잃게 될 거
고, 이미 애인을 잃었군. 딱하기도 하지. 복채 못
내도 걱정 마. 난 돈이 많으니까."

공짜에 익숙하지 않은 마카베아는 그 호의를 거절하면
서도 가슴 가득 고마움을 느꼈다.
　　그 다음에 (폭발) 그 일이 터졌다: 마담 카를로타
의 얼굴이 환하게 빛났다.

"마카베아! 복이 터졌구나! 우리 꽃송이, 잘 들어
야 해, 지금부터 아주 중요한 이야기를 해 줄 거니
까. 아주 중대하고 행복한 일이야: 아가씨 인생은
완전히 바뀔 거야! 그것도 이 집을 나서는 순간부
터! 완전히 달라진 걸 느끼게 될 거야. 우리 귀여
운 꽃송이, 떠난 애인이 돌아와서 청혼할 거야! 사
장도 아가씨를 해고할 생각이었는데 안 하겠다고
말할 거야!"

마카베아는 여태껏 감히 희망을 품어 본 적이 없었다.

하지만 지금 그녀는 천상의 트럼펫 소리 같은 마담 카를로타의 예언을 들었고―심장이 마구 요동쳤다. 마담의 말이 옳았다: 예수님께서 마침내 그녀에게 관심을 갖게 된 것이다. 미래에 대한 갑작스런 탐욕에 사로잡힌 듯 마카베아의 눈이 커졌다(폭발). 그리고 나도 마침내 희망을 품기 시작한다.

"그게 다가 아냐! 밤에 외국 남자가 큰돈을 갖다 줄 거야. 아는 외국인 있어?"

"아니요, 부인." 마카베아는 벌써 낙담하며 대답했다.

"앞으로 생기게 돼. 금발에 눈은 파란색이나 초록색이나 갈색이나 검은색일 거야. 그리고 아가씨가 전 애인을 사랑하고 있지만 않으면 이 외국인과 사랑에 빠질 거야. 아니! 아니! 아니! 다른 뭔가가 보여(폭발). 아주 또렷하게 보이진 않지만, 대신 우리 신령님이 알려 주시는 목소리가 들리거든: 이 외국인 이름은 한스, 이 남자가 아가씨와 결혼하게 될 거야! 이 남자는 돈이 많아. 외국인들은 다 부자니까. 내 점괘가 맞는다면―내 점괘는 틀린 적이 없지―이 남자는 아가씨를 많이 사랑해

줄 거야. 우리 불쌍한 고아 아가씨는 공단 옷, 벨
벳 옷, 모피 코트까지 몸에 두르고 살 거야!"

마카베아는 (폭발) 떨기 시작했다. 과도한 행복 속에
는 고통스러운 면이 있기 때문이었다. 그녀가 겨우 떠
올려 낸 말은 이것이었다: "리우는 더워서 모피 코트가
필요 없는데……."

"그냥 멋 부리려고 입는 거지. 이렇게 좋은 점괘
는 오랜만에 나온 거야. 난 헛소리 안 해. 방금 전
에 나간 아가씨한테도 차에 치일 거라고 솔직하게
말해 줬지. 그 아가씨 엄청 울었어. 눈이 빨개져
서 나갔는데, 봤어? 내가 부적 하나 줄 테니까 브
래지어 속에 넣고 다녀. 가슴이 너무 없네. 딱하기
도 하지. 지금은 가슴이 없지만 살이 붙으면서 몸
매가 좋아질 거야. 몸무게가 좀 늘 때까지 브래지
어 속에 솜을 집어넣어. 풍만해 보이게. 우리 귀염
둥이 아가씨, 예수님께서 부적 값은 받으라고 하
셔. 복채로 받은 돈은 고아원에 다 기부하거든. 하
지만 돈 없으면 안 내도 돼. 내 점괘대로 되면 그때
와서 내."
"아뇨, 지금 낼게요. 저한테 해 주신 얘기가 다 잘

맞아서……."

꼭 술에 취한 것처럼, 마카베아는 자신이 무슨 생각을 하는지를 알지 못했다. 그 술 없는 머리를 누구에게 제대로 얻어맞은 느낌이었다. 마치 큰 불행이 닥친 것처럼 정신이 하나도 없었다.

　무엇보다도 중요한 건, 그녀가 난생 처음 열정이라고 불리는 걸 갖게 되었다는 사실이다: 그녀는 한스를 열렬히 사랑했다.

　"머리숱이 많아지려면 어떻게 해야 할까요?" 그녀가 과감히 질문할 수 있었던 건 이미 딴사람이 된 기분을 느끼고 있었기 때문이었다.

　"너무 많은 걸 기대하네. 어쨌든, 머리 감을 때 아리스톨리누 비누를 써. 단단한 노란색 비누 말고. 이 상담비는 따로 안 받을게."

그것까지도? (폭발) 그녀의 가슴이 뛰었다. 머리숱까지 많아진다고? 올림피쿠를 까맣게 잊은 그녀는 오직 그 외국인만을 생각했다. 파란색이나 초록색이나 갈색이나 검은색 눈을 가진 남자를 만난다는 건 얼마나 큰 행운인가. 가능성이 무궁무진해지면 일이 잘못될 수가 없는 법이다.

"이제 세상으로 나가서 멋진 운을 따라가 봐. 다른
손님이 기다리고 있는데도 내가 특별히 오래 봐
준 거야. 우리 작은 천사님은 그럴만한 가치가 있
었어!"

마카베아는 갑자기 거센 충동에 휩싸여 (폭발) 마담 카
를로타의 뺨에 격렬하고 서툴게 입을 맞췄다. 그녀는
자신의 삶이 당장, 바로 그 자리에서 나아진 기분을 느
꼈다: 그 키스가 좋았던 것이다. 그녀는 어렸을 때 키스
할 사람이 없어서 벽에 입을 맞추었다. 그녀가 다른 사
람을 어루만지는 건 자신을 어루만지는 것이었다.

　　마담 카를로타가 모든 걸 알아맞힌 뒤, 마카베아
는 넋이 나가 있었다. 자신의 삶이 비참한 것이었음을
그제야 깨달았기 때문이었다. 자신의 또 다른 면을 목
격한 그녀는 울고 싶은 기분을 느꼈다. 그녀는, 앞에서
도 말했다시피, 늘 자신이 행복하다고 생각했었다.

　　그녀는 비틀거리며 점쟁이 집에서 나와 황혼 녘
의 어두워져 가는 골목에 섰다-황혼은 누구의 시간도
아니다. 하지만 마치 하루의 마지막 순간을 맞이한 것
처럼 흐려진 그녀의 시야는 핏빛과 거의 검정에 가까

운 금빛으로 온통 얼룩져 있었다. 그녀를 맞이한 대기는 너무도 풍요로웠고, 밤의 첫 찡그림은, 그래, 그랬다, 깊고도 화려했다. 마카베아는 현기증을 조금 느끼며 서 있었다. 그녀의 삶은 이미 변했기에 눈앞의 길을 건너야 할지 판단이 서지 않았다. 말이 그녀의 삶을 바꾸어 놓은 것이다—모세의 시대 이래로 우리는 말의 신성함을 알고 있다. 그녀는 길을 건널 무렵에는 이미 다른 사람이 되어 있었다. 미래를 잉태한 사람. 그녀는 이제껏 느껴 본 그 어떤 절망보다 더 격렬한 희망에 차 있었다. 그녀가 이제 더 이상 그녀 자신이 아니게 된다면, 그건 이득이 되는 상실이었다. 그녀는 사형 선고를 받듯 점쟁이로부터 삶의 선고를 받았다. 갑자기 모든 게 너무너무 많고 커서 그녀는 울고 싶어졌다. 하지만 울지 않았다: 그녀의 눈은 죽어 가는 태양처럼 빛났다.

그녀가 길을 건너기 위해 보도에서 내려선 순간, 운명이 (폭발) 신속하고 탐욕스럽게 속삭였다: 지금이야, 빨리, 내 차례야!

원양 여객선만큼 거대한 메르세데스 벤츠 차가 그녀를 치었다—그리고 바로 그 순간, 세상 한 구석에 있던 말 한 마리가 그에 응답이라도 하듯 힘차게 울며 앞발을 들고 뛰어올랐다.

마카베아는 쓰러지면서도 아직 완전히 달아나지

못한 그 차가 굉장히 고급스럽다는 걸 알아보았고, 그렇게 벌써부터 마담 카를로타의 예언이 실현되고 있음을 알아차렸다. 그녀는 자신이 쓰러진 건 아무것도 아니라고, 그냥 떠밀린 거라고 생각했다. 연석에 머리를 부딪친 그녀는 하수구 쪽으로 살짝 얼굴을 돌린 채 누워 있었다. 생각보다 훨씬 붉고 진한 피가 머리에서부터 줄기를 이루며 흘렀다. 여기서 내가 말하고 싶은 건, 이 모든 일에도 불구하고, 그녀는 그 고집스런 난쟁이족, 그러니까 언젠가 비명을 지를 권리를 되찾게 될 그 족속의 일원이었다는 것이다.

(나는 그때로 돌아가 마지막 몇 분을 되감기한 다음, 마카베아가 인도에 서 있는 장면부터 기분 좋게 다시 시작할 수도 있다–하지만 금발의 외국 남자가 그녀를 바라보고 있었다고 말하는 건 내 선택으로 해낼 수 있는 일이 아니다. 이미 너무 멀리 와 버린 나는 다시 돌아갈 수 없다. 다행히 나는 죽음에 대한 이야기는 하지 않았고 앞으로도 하지 않을 것이다. 그저 뺑소니에 대해서만 말하려 한다.)

그녀는 길가에 맥없이 널브러진 채, 어쩌면 그 모든 감정들에서 벗어나 잠시 쉬면서, 하수구 근처 돌 틈에서 자라는 풀들을 보았다. 여리디 여린 인간의 희망을 닮은 초록의 풀들. 오늘은 내 인생의 첫날이라고 그녀는 생각했다: 난 새로 태어났어.

(진실은 언제나 이해를 허락하지 않는 내적 접촉이다. 진실은 인지할 수 없다. 그렇다면 존재하지 않는 걸까? 그렇다, 인간들에겐 존재하지 않는다.)

　풀 이야기로 돌아가 보자. 마카베아라는 보잘것없는 존재에게, 대자연은 겨우 시궁창에서 자라는 풀의 형상으로 스스로를 드러냈다―만일 그녀에게 짙푸른 바다나 높은 산봉우리가 주어졌다면, 그녀의 몸보다 더 순결한 처녀인 그녀의 영혼은 미쳐 날뛰었을 테고, 그녀의 유기체는 폭발하여 팔은 여기에, 내장은 저기에, 머리는 텅 비워진 채 그녀 자신의 발치에 떨어졌을 것이다―마치 부서진 밀랍인형처럼.

　그녀는 문득 자신에게 약간의 주의를 기울였다. 지금 소리 없는 지진이 일어나고 있는 걸까? 알라고아스 땅이 지진으로 갈라진 적이 있었다. 그녀는 풀을 바라보았다. 그저 바라보기 위해 바라보았다. 위대한 도시 리우데자네이루의 풀. 우연한 존재. 어쩌면 마카베아도 한번쯤은 느껴 보지 않았을까? 자신 역시 이 정복할 수 없는 도시 속에 있는 우연한 존재라는 느낌을. 운명은 그녀에게 어둠에 잠긴 골목과 하수구를 골라 주었다. 그녀는 고통스러웠을까? 그랬을 것이다. 목이 반쯤 잘린 채 피를 뚝뚝 흘리며 겁에 질려 날뛰는 암탉처럼. 다른 점이 있다면, 그 암탉은 공포에 찬 소리를 지르며 도망친다는 것이다. 마치 당신이 고통으로부터 도망칠 때처럼. 그리고 마카베아는 소리 없이 몸부림쳤다.

나는 그녀의 죽음을 막기 위해서라면 무엇이든 할 수 있다. 그녀를 잠재우고 나도 잠자리에 들고 싶은 마음이 간절하다.

그때 가랑비가 내리기 시작했다. 올림피쿠의 말이 맞았다: 그녀에겐 비를 내리게 하는 재주밖에 없었다. 차갑고 가는 빗줄기가 그녀의 옷을 적셨고 그건 편안하지 않았다.

나는 묻는다: 세상 모든 이야기는 고통에 관한 이야기일까?

사람들이 난데없이 골목에 나타났고, 이제까지 세상 사람들이 그녀를 위해 아무것도 하지 않았던 것처럼 그들 역시 그녀 주위로 모여들어 아무것도 하지 않았다. 다만 이제는 적어도 그녀를 바라보기는 했고, 그들의 그 시선이 그녀를 존재하게 했다.

(그러나 내가 무슨 자격으로 그들의 죄를 나무라겠는가? 내게 가장 힘든 일은 그들을 용서해야만 한다는 것이다. 우리는 자신을 죽이는 죄인을 무심히 사랑하거나 사랑하지 않기 위해 완전히 아무것도 아닌 상태에 이르러야만 한다. 하지만 내가 그럴 수 있을지는 확신하지 못하겠다: 누가 이 질문에 답해 줄 수 있을지는 모르겠지만, 그래도 나는 물어야만

한다. 나는 나를 죽이는 자를 정말로 사랑해야만 하냐고, 그리고 당신들 가운데 누가 나를 죽일 거냐고. 그러면 나 자신보다 강한 내 생명이 이렇게 대답하는 것이다. 자신은 무슨 대가를 치르더라도 복수하기를 원한다고. 그리고 나는 마치 익사해 가는 사람처럼, 비록 그 끝이 죽음이라는 걸 알고 있더라도 계속 발버둥 치며 맞서야 한다고. 그런 거라면 그래야겠지.)

혹시 마카베아는 죽게 될까? 내가 어떻게 알겠는가? 거기 서 있는 사람들도 몰랐다. 그래도 만약의 경우에 대비하여 그 동네에 사는 누군가가 그녀의 곁에 촛불 하나를 밝혀 두었다. 그 화려하고 강렬한 불꽃은 영광을 노래하는 듯했다.

(나는 가장 작고 빈약한 것에 대해 쓰면서 그것을 미사여구로, 여러 보석과 광휘로 장식하고 있다. 이런 식으로 글을 써야 할까? 아니, 장식을 입히는 게 아니라 발가벗기는 방식이어야 한다. 하지만 나는 발가벗긴다는 말이 두렵다. 그건 마지막 말이니까.)

한편, 땅에 쓰러진 마카베아는 점점 더 마카베아가 되어가는 듯했다. 마치 자신에게 도달한 것처럼.

그러니까 이건 멜로드라마인가? 내가 아는 건 멜로드라마가 그녀 삶의 정점을 이루었다는 것, 모든 삶은 하나의 예술이라는 것, 그리고 그녀의 삶이 막을 수 없는 울음으로, 비와 번개 같은 울음으로 향하고 있었다는 것이다.

누더기 재킷을 입은 야윈 남자가 길모퉁이에 나타나 바이올린을 켰다. 나는 혜시페에 살던 어린 시절의 어느 황혼 녘에 그 남자를 본 적이 있음을 고백한다. 새되고 예리한 바이올린 소리는 어두운 거리에 드리운 신비함에 금빛 밑줄을 그었다. 그 가련한 남자 옆에 놓인 깡통 속에서는 구경꾼들이 그들의 삶을 애도해 주는 그에게 감사의 표시로 던져 넣은 동전들이 달그락거리고 있었다. 나는 이제야 이해한다. 이제야 그 은밀한 의미가 드러난 것이다: 그 바이올린 소리는 하나의 경고다. 나는 안다, 나는 죽을 때 그 남자의 바이올린 연주를 들으며 갈구할 것이다. 음악, 음악, 음악을.

마카베아, 은총이 가득하신 마리아님, 고요한 약속의 땅, 용서의 땅, 때가 되어야만 하나니, ora pro nobis(저희를 위하여 빌어 주소서), 그리고 나는 나 자신을 인식의 형태로 활용한다. 나는 내게서 당신을 향해 흘러든 주술을 통해 당신을 뼛속까지 안다. 자신을 마구 흐트려 놓더라도, 여전히 그 모든 맥박의 배후에는 엄격한 기하학적 구조가 존재한다. 마카베아는 부두를 기억했다. 부두는 그녀 삶의 중심을 향해 갔다.

마카베아는 용서를 구할까? 사람은 늘 용서를 구

하니까 말이다. 그건 무엇 때문일까? 답: 그렇기 때문에 그런 것이다. 항상 그래 왔던 걸까? 앞으로도 늘 그럴 것이다. 만약 그렇지 않다면? 하지만 나는 당신에게 '그렇다'고 말한다. 그러니 그런 것이다.

당신은 그녀가 살아 있다는 걸 똑똑히 알아볼 수 있을 것이다. 그 커다란 눈은 끊임없이 깜빡였고, 야윈 가슴은 힘겹게 들썩였다. 하지만 이걸 알 수 있는 사람은 없을 것이다, 그녀에게 혹 죽음이 필요한 것은 아니었는지? 왜냐하면 사람은 자기도 모르게 조금씩의 죽음을 필요로 할 때가 있기 때문이다. 나의 경우, 죽음이라는 행위를 그에 관한 상징으로 대체한다. 깊숙한 키스로 요약될 수 있는 상징, 거친 벽에 대고 하는 키스가 아니라 죽음이라는 고통스러운 쾌락 속에서 이루어지는 입과 입의 키스. 나는 그저 부활을 체험하기 위해 몇 번이나 상징적인 죽음을 맞이한 자다.

나는 마카베아에게 죽음이라는 스타 배우의 시간이 아직 찾아오지 않은 것이 기쁘다. 나는 금발의 외국 남자가 그녀 앞에 나타날지에 대해선 알 수 없다. 그녀를 위해 기도해 주기를, 모두 하던 일을 멈추고 그녀에게 생명의 숨결을 불어넣어 주기를. 이제 마카베아는 끝없는 바람 속에서 흔들리는 문짝처럼 혼돈 속을 떠돌고 있으니까. 나는 가장 손쉬운 방식으로 마무리를 지을 수도, 그러니까 그 어린 아가씨를 죽일 수도 있지만, 그러나 나는 그 모든 것들 가운데 최악인 것을 원한다: 생명. 그러니 내 이야기를 읽는 독자들은 주먹으로 배를 때려 그 느낌이 어떤지 확인해 보라. 생명이란 주먹으로 배를 맞는 것이니까.

이제 마카베아는 더러운 포장도로 위에 놓인 하나의 희미한 느낌에 지나지 않았다. 나는 그녀가 길에 누워 있는 상태로 이야기를 끝낼 수도 있었다. 하지만 아니다: 나는 공기가 바닥나는 곳까지, 거대한 돌풍이 울부짖으며 날뛰는 곳까지, 허공이 휘기 시작하는 곳까지, 내 숨이 나를 데려가는 곳까지 갈 것이다. 내 숨이 나를 신에게 데려다줄까? 나는 너무 순수해서 아무것도 알지 못한다. 내가 아는 유일한 것: 나는 신을 동정할 필요가 없다는 것. 아니, 동정해야 할까?

그녀는 아직 살아 있었고, 천천히 몸을 움직여 태아처럼 웅크렸다. 여느 때처럼 기묘한 모습이었다. 굴복하기를 꺼려하는, 그러나 그러면서도 뜨거운 포옹을 열망하는 모습. 그녀는 달콤한 무無를 갈망하며 자신을 껴안았다. 그녀는 저주받았고 그걸 알지 못했다. 그녀는 한 가닥의 의식에 매달린 채 마음속으로 되뇌었다: 나는, 나는, 나는. 그녀는 자신이 누구인지 알지 못했다. 그녀는 신이 우리에게 부여한 생명의 숨결을 찾기 위해 자신의 가장 깊고 어두운 핵심까지 내려갔다.

그러고 나서 그녀는—거기 누운 채—촉촉이 젖은 최고의 행복을 맛보았다. 그녀는 죽음을 포옹하기 위해 태어났기 때문이었다. 죽음, 이 이야기에서 내가 가장 좋아하는 등장인물. 그녀는 자신에게 작별인사를 하게 될까? 나는 그녀가 죽을 거라고는 생각하지 않는데, 그건 그녀가 삶을 너무도 간절히 원하기 때문이다. 게다가 그녀의 웅크린 자세는 관능적이기까지 했다. 아니면 원래 임종이란 게 쾌락이 가져다주는 고통과 닮아 있는 걸까? 왜냐하면 그녀의 얼굴이 욕정으로 뒤틀린 것처럼 보이기 때문이다. 만유萬有는 어제의 날들 속에만 존재하니, 만일 그녀가 지금 죽지 않는다면 그녀는 우리처럼 죽음의 어제 속에 머물게 된다. 당신에게 이 점을 상기시킨 나를 용서해 주었으면 한다. 나 자신은 내 이 통찰력을 용서하지 못하기 때문이다. 사랑을 나눌 때와 같은, 부드럽고, 오싹하고, 얼음 같고, 날카로운 맛. 어쩌면 이게 신이라고 불리는 은총일까? 그런가? 만일 그녀가 죽는다면 그녀는 죽음을 통해 처녀에서 여자로 바뀔 것이었다. 아니, 그건 죽음이 아니었다. 그녀가 그리 되는 걸 내가 원치 않기 때문이다. 그건 재난이라고 부를 수조차 없는 부딪힘에 불과했다. 살아남으려는 그녀의 집념은 마치, 처녀였던 그녀가 지금껏 느껴보지 못한, 그럼에도 예감할 수는 있었던 그 무엇인 듯했다. 왜냐하면 그녀는 이제야 막 이해했던 것이다. 여자는 태어나서 처음으로 울음을 터뜨리는 순간부터 여자라는 것을. 여자의 운명은 여자가 되는 것이다. 그녀는 사랑의 순간을, 거의 고통에 가까운 그 아찔한 기분을, 직감을 통해 감지했다. 그래, 그렇게 거듭(피어)나는 일은 고통스럽고 또 너무도 힘들었기에, 그녀는 자신의 몸뿐만 아니라 사람들이 영혼이라고 부르는—나는 그걸 뭐라고 부르지?—것까지 모두 동원했다.

그런 다음 마카베아는 구경꾼들이 이해할 수 없는 말을 했다. 그녀는 또박또박 또렷하게 말했다.

"미래에 관해서는."

그녀는 미래를 갈망했던 걸까? 말들, 말들로 이루어진 고대의 음악이 들려온다. 그래, 그런 것이다. 바로 그 순간, 마카베아는 뱃속이 울렁거리며 토할 것 같은 기분을 느꼈다. 그녀는 자신의 몸이 아닌 것, 빛나는 것을 토하고 싶었다. 천각형의 별.

지금 내가 보고 있는 섬뜩한 것은 무엇일까? 나는 그녀가 토한 약간의 피를, 심한 경련을, 마침내 본질에

가닿은 본질을 본다: 이것은 승리다!

그리고 다음─그 다음엔 갑작스런 갈매기의 울음, 별안간 탐욕스러운 독수리가 연약한 어린양을 낚아채어 하늘 높이 날아오르고, 윤기가 흐르는 고양이는 더러운 쥐를 찢어발긴다. 생명은 생명을 먹는다.

Et tu, Brute?!¹⁶⁾

그렇다, 나는 그런 식으로 알리고 싶었다─마카베아의 죽음을. 어둠의 왕자가 승리했다. 마침내 대관식이 펼쳐졌다.

나의 마카에 관한 진실은 과연 무엇이었을까? 진실은 발견하기 무섭게 사라져 버린다: 그 순간은 지나갔다. 나는 묻는다: 그건 무엇이었을까? 응답: 그건 '아니'다.

그러나 죽은 자들을 애도하지 말라: 그들은 그들 자신이 무엇을 하고 있는지 안다. 나는 죽은 자들의 땅에 있었고, 그 시커먼 공포를 겪은 후 용서를 받아 다시 살아났다. 나는 무죄다! 나를 거래하지 말라! 나는 파는 물건이 아니다! 이 비참한 슬픔을 보라, 이제 모든 것이 사라졌으니, 그건 내 잘못, 내가 지은 대죄인 듯하다. 부디 그들이 내 손과 발을 씻어 주고, 그리고─그리고 신성한 향유를 발라 주기를. 아, 행복을 향한 강렬한 욕구. 지금 나는 억지로 폭소를 터뜨리려 한다. 하지만 왜인지 웃음이 나오지 않는다. 죽음은 자신과의 대면이다. 거기 누운 그녀는 죽은 말처럼 컸다. 여전히, 최선의 선택지는 이것이다: 죽지 않는 것. 왜냐하면 죽음은 충분치 못한 것이고, 따라서 너무도 많은 걸 필요로 하는 나를 완성해 주지 못하기 때문이다.

마카베아가 나를 죽였다.

그녀는 마침내 자신으로부터, 우리로부터 자유로워졌다. 두려워 말라, 죽음은 순간이며, 그러니 순간 속에서 지나가는 것이다. 나는 그 여자와 함께 죽었기에 그걸 안다. 부디 이 죽음에 관한 한 나를 용서해 주기를. 나도 어쩔 수 없었으니까. 벽에 입을 맞춰 본 사람은 무엇이든 받아들이게 된다. 하지만 갑자기, 나는 마지막 남은 혐오감에 얼굴을 일그러뜨리며 울부짖는다: 비둘기 대학살이다!!! 산다는 것은 사치다.

그래, 끝났다.

그녀의 죽음과 함께 종들이 울렸지만 그 종의 육신인 청동은 소리를 내지 않았다. 이제 나는 이 이야기

---

16) "브루투스, 너마저", 자신이 총애하던 브루투스의 칼에 숨을 거둔 카이사르의 마지막 말로 알려져 있다.

를 이해한다. 그것은 거의-거의 울릴 듯한 저 종들의
절박함이다.

　　모든 존재의 위대함.

정적.

　　언젠가 신이 이 땅에 당도한다면 거대한 정적만이
흐르리라.

　　생각조차 존재치 않는 완전한 정적.

　　결말이 당신들의 요구에 부합할 만큼 장대했는
가? 그녀는 죽어서 공기가 되었다. 활기찬 공기? 모르
겠다. 그녀는 한 순간에 죽었다. 질주하는 차의 바퀴가
땅에 닿았다가 닿지 않았다가 다시 닿은 순간, 눈 깜짝
할 사이의 순간. 기타 등등, 기타 등등, 기타 등등. 결국
그녀는 그저 음정이 약간 틀어진 음악상자일 뿐이었다.

　　나는 당신에게 묻는다:

　　"빛의 무게는 얼마나 될까?"

그리고 이제, 이제 내가 할 수 있는 일이라곤 담배를 피
워 물고 집으로 돌아가는 것뿐이다. 맙소사, 방금 기억
났다. 우리는 죽을 것이다. 하지만-하지만 나도?!

　　지금이 딸기 철이라는 걸 잊어버리지 마시기를.

그래.

*